NF文庫
ノンフィクション

新装版

彩雲のかなたへ

海軍偵察隊戦記

田中三也

潮書房光人新社

プロローグ――「あ号作戦挺身偵察」出撃の日

昭和十九年五月二十五日、トラック諸島春島第一飛行場――。

滑走路に面した一五一空の指揮所では、朝から司令部要員がせわしなく出入りし、搭乗員整列の号令がかかった。

壇上に立った着任早々の菅原信隊長から、海軍口調の力強い調子で命令が伝達された。

「わが一五一空は、あ号作戦挺身偵察の命令を受けた。生還を期せぬ任務だが、なんとしても成功させたい」

一同を見渡し、ひと呼吸あって、

「先任下士官の田中上飛曹。今度のソロモン方面の偵察には、君が行ってくれ」

私にとっては偵察特練修了以来、待ち望んでいた命令である。覚悟はしていたが胸が高鳴り、身の引き締まるのを感じた。側で立ち会っておられた中村子之助司令と私の目線が合ったとき、司令は大きくうなずいておられた。そして、操縦員にはソロモン方面の経験者で空戦の得意な森田繁夫上飛曹が選ばれた。

決行の日は五月二十七日と決まった。この日は、かつて日露戦争のとき、日本海海戦で日本艦隊が大勝した海軍記念日である。幸先のいい感じで準備にかかった。

あ号作戦に備え、ソロモン方面の敵艦隊泊地ツラギ、フィンシュハーヘン、アドミラルティーの三ヵ所を単機で強行偵察しようという、全航程三千二百浬《かいり》の決死行である。

全員が一丸となっての点検整備が行なわれ、エンジン、無線機、機銃はもちろん、スピードを増すように機体を入念に磨き上げた。特に高高度写真偵察に欠かせない垂直カメラ、電熱服、吸入用酸素、望遠鏡や敵泊地の見取り図等のすべてに入念な点検が行なわれた。

飛行機も出撃を感じているのか、生き物のように見える。私は二式艦上偵察機（艦偵）の尖った鼻面を撫でながら、「飛び続けてくれよ」と、願っていた。

その日以来、森田兵曹と綿密な打ち合わせが続いた。空戦の時の操偵間連絡用手綱の使用法もその一つだし、高々度からの艦型識別も大切だ。

敵の包囲網を突破し、喉元に切り込むことに魅力さえ感じ、「敵情第一電の発信に命をかけよう」と誓い合う。敵包囲下にある中継基地ブインの滑走路の使用に一縷の望みをかけた。

出撃の日が来た。我が人生をイチかバチかの大勝負にかけ、拳銃を胸にさし短刀を持った私は、中村司令はじめ隊員たちと握手をかわし、愛機二式艦偵に乗り込んだ。

陸軍や施設部隊も含めた春島の全員が、滑走路の片側で見送ってくれた。午後二時きっかり、うちふる日の丸と帽子の波が一直線になって後方へ飛び、挺身偵察の先陣を切った。

第一中継基地ブーゲンビル島のブインまで八百浬、約五時間の航程だ。心の緊張も和らぎ、高度二千メートルの飛行は快適だ。太陽を利用したコンパスの空中自差測定も入念に行ない、予定のコースに乗る。

南方特有の長く尾をひく竜巻、進路を遮る雄大なスコール。海軍の飛行機乗りでなければ味わえぬ海の大自然に、一刻一刻が自分に残された貴重な時間のように思えた。

この南太平洋の海域で、敵艦に突っ込んでいった多くの友の魂が、南に向かって飛び続ける二式艦偵の壮挙を見守っていることだろう。

真っ青な大海原に積雲がまばらに浮き、ようやく心にゆとりができた。私の存在価値を認めてくれた中村司令に感謝したい。そして、「たとえ死が約束されていても避けるべきでない。自己の全力を尽くし、任務の達成に努力するのが軍人であり、これが戦争というものだ」と説いてくれた、夜戦隊の鑓水《やりみず》源一飛曹長の言葉に勇気百倍、鉢巻きを締め直す。

再び通ることのないであろう赤道も越え、航程の半ばも過ぎて、順調に飛び続けた。

南に進むにつれ天候が悪くなり、視界も落ちてきた。陽が西に傾きかけるころ、黒ずんだブーゲンビルの島影が化け物のように現われ、いよいよ敵の警戒区域に入った。低空で島の東海岸を南下する。不気味な静けさだ。山本五十六長官が戦死したのはこの島だ、一年前（四月十八日）のあの悲しみが脳裏をかすめる。

小雨の中にチラッと旋回中の敵影が見えた。この辺りの島はすべて敵で、ショートランドの敵飛行場は近い。旋回銃を握る手に思わず力が入る。

島の南側へ回ったとき、真下に飛行場らしきものを見付けた。月面を思わせるような爆撃の跡が無数にあって、見張り台と吹き流しの柱だけが名残りを止めており、人影はまったくない。海岸の飛行場は日本軍がすでに放棄していた。

敵機を警戒しながら陸地に入る。十分間も飛び続けた頃、ジャングルを切り開いたような広場を見つけた。目的の飛行場らしい。

ここの滑走路も穴だらけだ。よく見ると、真ん中に鉛筆のように細長く土の色の変わっているところがあり、整地されたばかりのようだ。そして、ジャングルから人の気配がして鉛筆の延長上に並び、ここに降りろというように盛んに手を振りだした。辺りには敵機は見えない。意を決して降下にうつる。

接地して二、三度つまずくようなショックを受けたが、無事着陸に成功した。振り返って見て驚いた。着陸した所は、飛行機の翼の幅より少し広いくらいだった。昼間はいいが、明日夜明け前の離陸が心配だった。しかし、第一の難関を通過できたことに、操縦員と手をとりあって喜んだ。基地員も満足した表情だった。

飛行機をジャングルの奥に入れたころ、辺りは闇につつまれはじめた。飛行機の整備の打ち合わせも終わり、数人の見張りを残してその場を離れた。

木の根に足をとられ、ぶつかりそうな枝に頭をひょいと下げながら、ジャングルの奥深くに進む。ようやく、椰子の葉で葺いた粗末な小屋ふうの指揮所に着いた。

来る途中、いろいろと小声で話してくれたところによると、いもが主食であり、自給できるように耕しているが敵機に狙われて収穫は少なく、守備隊は孤立状態にあるようだ。

情報のすべてを指揮官（岡村少佐と記憶している）に報告し、また敵情についていろいろと教えを受けた。温厚そうな指揮官は私の両手をかたく握り、「よく来てくれた」と涙ぐんでおられた。黄色にくすんだタバコも貴重な土産のようだった。

飛行機の整備と燃料補給を依頼し、椰子の葉で葺いた小屋で数名の番兵に守られながら、私たち二人は眠りについたのである。

艦上偵察機「彩雲」
(偵察第十一飛行隊整備分隊長・榎本哲大尉撮影)

彩雲のかなたへ——目次

写真提供／榎本かよ子・著者・雑誌「丸」編集部・National Archives
図版作成／佐藤輝宣

彩雲のかなたへ

海軍偵察隊戦記

第一章　雛鷲はばたく

大空への夢

大正十二年（一九二三年）十一月、私は北陸の石川県石川郡鶴来町（現・白山市）に歯科医の六人兄弟（男二人、女四人）の長男として生まれ、少年時代を過ごした。

名峰白山の麓、加賀平野に接し、手取川に沿い、山あり河あり平野ありで、子供にとっては素晴らしい環境であった。スキー、水泳、釣り、野球、兵隊ごっこで毎日駆け回った。

生家の半径三百メートルの範囲にお宮が一つ、お寺が六つあって、父母や祖母の愛に加えて、神仏の加護のもとに育ったと言えるかもしれない。

小学校は、一学級二組で、高等科二年まであった。小学五・六年の時の浅香文吉先生は、児童の名前を呼ぶ時、その子の家の屋号や商売名（酒屋、魚屋、歯医者、石屋、甚兵衛、だごや）を使って子どもの心を摑んだ方で、厳しいなかにも慈愛を感じていた。また進学教育にも熱心で、歴史の授業は面白かった。また、気象の自然科学の話もよくしてくれて、天体や丸い虹などの話で子供たちに大きな夢を持たせてくれた。

そのころ町では、出征兵士の家に空高く日の丸の国旗を掲げ、出征兵士を送る旗の列も見られて、戦争への意識が高まりつつあり、私の叔父が戦死したのもこの頃だった。そんな中で運動会やスキー大会は花火を合図に町をぐるみの行事で、楽しみだった。わが家は勉強も厳しく、お寺でお経も習わされた。

演習中の陸軍の兵士が民家に宿泊することもあって、泊まった兵士の階級を子供なりに競い合ったりもした、もちろん描く絵は飛行機・戦車・戦艦が多く、子供心にも戦争を意識していた時代である。

夜半から始まる青年学校・在郷軍人の行なう演習に小学生の高学年もまじることもあって、私は学校の鳩の飼育係をやっていたので、いつも伝書鳩を自転車に積んで参加した。ここぞと張り切る浅香先生の陸軍伍長の階級章が光って見えたものである。

中学は四里離れた金沢一中に進んだが、脚半（ゲートル）を巻いての登下校だった。戦時下で軍事教練も盛んで、中学での思い出は、勉強よりも日本海での遠泳、銃を担いでの教練や行軍、柔剣道の試合の方が強く印象に残っているくらいである。高等学校へ進学する者もいたが、軍の学校へ希望するのも多かった。

私が四年生の夏に海軍航空隊へ志願したのは、小学校の頃からの大空への夢が、中学でさらに拍車がかかったからだろう。甲種飛行予科練習生（五期生）の一次試験が地方で行なわれ、学科試験と簡単な適性検査があった。私は昭和十四年の九月に一次合格の通知を受け、大空への一歩を踏み出す手立てをつかんだのである。

予科練習部

私が予科練に入隊した時の年齢は、十五歳と十ヵ月で、いまでいう高校一年生の二学期だったから、まだまだあどけなさが残っていたかもしれない。

十四年九月、一次試験に合格した若者数百名が、全国から霞ヶ浦海軍航空隊の予科練習部へ集まった。

いよいよ飛行機乗りとしての適性検査の開始だ。二十種目ほどの試験が次々と行なわれ、種目ごとに判定が宣告され、不合格になるとそこで帰宅しなければならない。最後に人相・手相の判定もあって、五百名が残り、最後の発表で二百六十名が合格となった。実に厳しい試験であった。

われわれ練習生二百六十名をにこやかに迎えてくれた班長たちは、三十代男ざかりの精鋭だった。入隊して一週間後、班長、教員の態度が一変し、「靴は常に出船にしておく」「五分前の精神を忘れるな」と、練習生の行動、姿勢、言葉使い、時間、礼儀、整頓に対する躾《しつけ》教育が厳しくなった。

教育期間は一年半、前半は陸戦、短艇、手旗、通信、体操、武道、水泳、銃剣術など、精神と体力に重点をおいたものだった。

マラソンや水泳の高飛び込み、棒倒し、相撲の負け残りは、攻撃精神の注入ということだったろうか。また、団結心を育むため、一人のしくじりが全体の責任として扱われた。入隊から三ヵ月間の基礎訓練は、私など体の小さい者は、死に物狂いでやっと付いていったと言っていい。

短艇訓練では、手の豆はつぶれ、尻の皮はむけ、夜の巡検後たがいに消毒のヨーチンをつけあい、飛び上がる思いもした。厳寒の霞ヶ浦の湖面に氷を砕くオールの手応えは、今も懐かしい思い出の一つだ。

毎日、先輩練習生の鉄拳がようしゃなくアゴに炸裂する。軍隊ってのは実に凄まじいところだと思った。

なんといっても勇ましいのは夜の「吊り床訓練」だ。吊り床とは、ケンパス（厚い布）で作ったハンモックで重さ約二十キロ、それに毛布が三枚、冬には一枚追加される。

鋭い笛の合図で約百名が一斉に吊り始める。吊り床を抱え、片方の輪を持って高い位置にあるフックに飛びついて掛け、もう一方の輪についている紐をフックに掛け、しごきながらすばやく結ぶ。吊り床をしばってあるロープをほどいていく。「おそい、おそい！」と、矢のような催促。解かれていく十五ミリほどのロープが宙を舞う。ロープの端が顔に当たると痛いが、口をきいてる間がない。解いたロープを輪に束ねハンモックの中に入れて完了。

各班ごとに完了を届ける。またすぐに、「吊り床収め」の号令。今度は逆の手順でハンモックをくくる。これが二回、三回と繰り返され、多いときは八回、十回と行なわれる。三十秒が合格のラインだった。毛布がはみ出した者は、ハンモックを担いで兵舎一周のうきめにあう。最初は五分でもできなかったのに、訓練で三十秒を切るようになった。現代の若者も一度経験してみると面白いかもしれない。

操縦適性検査

半年たって、後輩練習生が入隊してきた頃からは毎日の訓練に余裕もでき、笑顔もつくれるようになった。夕食後の酒保で「しるこ」を求めて列をつくったのが懐かしい。

衣類の点検もあり、洗濯や靴下の穴の繕いなんか上手になった。日曜は弁当を持って土浦へ外出し、楽しい自由時間をすごせて心に余裕もできてくると、戦場のニュースを聞くたび早く飛行機に乗りたいと思うようになった。

教育の後半になって、飛行機に搭乗しての操縦適性検査が実施された。練習機に搭乗して三十分程度の飛行で、直線飛行や旋回、上昇、降下などの操縦適性をテストするものである。操縦員に必要な操縦適性と偵察員に必要な無線電信の適性などを考慮し、操縦・偵察に区別するための検査だった。

飛行服に救命胴衣をつけ、緊張の内に練習機に同乗、霞ヶ浦飛行場を飛び立った。眼下に広がる関東平野や霞ヶ浦、筑波山、富士山も遠く霞んで見えた。操縦桿は前席と後席両方にあり、同じに動くようになっていた。

「筑波山ヨーソロ」「固い、固い、肩の力を抜いて」「ヨーシ、ヨーシ」。初めのうちは前にあるはずの筑波山がなくなって、いつのまにか富士が見えてきたりして戸惑ったが、馴れ

第５期甲種飛行予科練習生第15分隊７班の入隊記念写真。前列左から中垣、島村、西山、近藤、佐野班長、著者、高橋、前野、鈴木。後列左から関、田中、瀬治山、宮脇、木村、瀬口、富田、倉橋。昭和14年10月５日、霞ヶ浦航空隊にて

昭和15年春、「東京行軍」で上野公園を訪れた甲飛５期生第15分隊７、８班。２列目右から４番目が著者

昭和15年夏、予科練での操縦適性検査飛行の記念写真。上は第7班で撮ったもので、後列中央が著者。左は著者ひとりで写したカット。このときの階級は一等航空兵。後方の三式初歩練習機の後席に乗ってのこの飛行が、著者の人生初飛行であった。いずれも霞ヶ浦飛行場にて

るにしたがって飛行機の姿勢もつかめるようになり、鳥にでもなった気持で教官の指示で次々と運動を変え、なんとか操縦を経験したという程度で終わってしまった。

操縦・偵察の発表があって、私は偵察に区分された。

教育の後半に入って、操縦と偵察に別れての教育が開始された。ようやく、戦闘場面での将来の目標も見えてきて、上空を飛ぶ飛行機に夢を託していた。

操縦組は、飛行機の機体・エンジンの教育が主で、格納庫での実習が多かった。偵察組は、無線電信に力をいれ、和文・欧文の送受信（一分間のスピードは、送信九十字、受信八十字）、暗記送受信や暗号、気象電報の訓練も実施していた。

夜の温習時間には、勉強もしたが、後半は手紙を書いたりして自由だった。

卒業を控えての陸戦の辻堂演習は、実戦さながらだった。陸戦隊経験の班長たちは、ここぞとばかり、腕を振るった。

「戦争は、命のやりとりだ」「訓練の汗は戦場での血だ。戦場で血を流さぬように、うんと汗を流しておけ」「敵に背を向ける時が一番危険だ」「自然を味方にせよ」「足がへばったら、敵にやられるぞ。最後まで気を抜くな」「君たちの戦いの場は大空だ。しかし、この陸戦の経験が必ず役に立つ」

そして最後に「君たちを必要とする時が必ずやってくる、その時は思う存分に戦え。その局面こそ命をかけるだけの意義はある」と。この時の陸戦訓練は、その後フィリピンでのゲリラとの戦いで大いに役に立った。

こうして一年六ヵ月の間に技術的なもののほか、精神的な教育も充分に受けた。班長や教員たちは、鬼になり、ときには福の神になって、我々を指導して下さった。別れの時、班長の眼も涙でうるんでいた。巣立つ者も見送る者も、今生の別れになるだろう。たがいに帽子を高々と振って、別れを告げ、隊門を出た。同期生は互いに励ましあい、「元気でな、こんどは戦地で会おう」と、操縦、偵察それぞれの任地へ向け巣立っていった。

飛行練習生

昭和十六年三月、予科練課程を無事に修了したわれわれ二百五十二名は、操縦組が筑波、谷田部、鹿島の各航空隊へ、偵察組は鈴鹿航空隊へ入隊した。鈴鹿航空隊へ入隊した百二十九名は、歴戦の教官、教員に迎えられ、第十五期飛行術練習生（偵察専修）として訓練が開始された。

基地は伊勢湾の西側、鈴鹿市白子にあって、広い陸上飛行場だ。教育期間八ヵ月、教育内容は基本的な空中航法、射撃、爆撃、通信で、座学と飛行作業の練習機教程である。

十個班に別れての訓練は、飛行という危険性が伴うだけあって、飛行場への往復もきびきびとして、予科練のそれとは一味違っていた。

使用機は九〇式機上作業練習機で、操縦座席後方には教員と練習生二名が同乗できた。

湾内の三角コースの航法訓練から始まったが、気流の悪い日は吐き気で神経をすりへらすこともあった。慣れないわれわれ搭乗員の卵にとって、機上作業における教員たちの指導は厳しく、特に射撃や爆撃訓練での一瞬の気の緩みは地獄行きとあって、緊張の連続だった。一キロ爆弾を搭載しての水平爆撃訓練で標的に命中したときの気分は最高だが、標的機の曳く吹き流しの目標への機銃射撃訓練で弾痕不明ともなれば、お灸をすえられることも覚悟せねばならぬ。

飛行作業後の成績評価は厳しいもので、制裁のバッターの音は珍しくなかった。誰の尻にも青いあざが勲章のように付いていた。

過酷ともいえる訓練の中で、苛立ちや不満はなかったわけではない。周囲の吊り床の中からかすかに激しい嗚咽を感じたことがあったが、抑圧も我慢もすべてが、軍人勅諭「一つ軍人は忠節を尽くすを本分とすべし」……で消された時代だった。

ある日、体育の時間に籠球（バスケットボール）の試合があった。私は、相手のボールを捕るとき右肘を脱臼し診察の結果、軽い作業のみが可能という「軽業」になり飛行作業は止められた。

その日からは座学以外は見学の位置で二週間を過ごした。この教育の遅れを取り戻すため、夜の自習時間にずいぶん仲間の世話になった。とにかく「一名の落伍者も出さぬ」というのがわれわれ同期の信条であった。

予科練で鍛えた体力と精神力があったからこそ、この過酷ともいえる訓練を乗り切ることができたのだと思う。

伊勢神宮へ参拝行軍のときだった。

「田中、面会人だ、行ってみろ」と、班長教員から言われて飛んでいった。

面会人は、神戸に住む母方の祖母と従兄弟だった。突然のことで驚いた。

「海軍さんだし鈴鹿航空隊と知って、もしやと思って聞いてみた。お伊勢さんのお引き合わせだ」と、十年ぶりに会った祖母は涙ぐんでいた。そして「武運長久」のお守りを身につけてくれた。

十六年五月、進級伝達式があって、海軍三等航空兵曹に任官した。水兵服から五つボタンの下士官服へ様がわりしたことが嬉しく、互いに腕の階級章を見比べ、外出のとき写真屋へ急いだ。

祝日に部隊総員が制服で集合し、論功行章の伝達式が行なわれた。支那事変の功績で金鵄《きんし》勲章を授与された教員もいて、胸の勲章を見てうらやましく思った。われわれには艦隊行動中の戦艦に艦務実習のため乗り組んだ実績から、従軍記章が授与された。

厳しい中にも、日曜日に楽しい外出があった。陸上勤務でも海軍は外出することを「上陸」と言っていた。

白子町のクラブで読書・散歩とのんびりし、ストレスを解消しては次の訓練に立ち向かうという日々だった。

水偵の実用機課程へ――日米開戦

教官教員方の「愛のむち」のお陰でようやく卵から雛にかえることができた。あっという間の八ヵ月だった。

練習機課程を終了、いよいよ実用機教程に進むことになり、陸上機と水上機に組み分けされ、十六年十二月六日付けで大村、宇佐、博多の各航空隊へ入隊を命ぜられた。水上機に入れられた私は、仲間三十七名と博多へ向かった。

博多基地は、博多湾の北側の細長い半島（海の中道）の中ほどにあって、先端に志賀島がある。基地の周辺は砂地であり、湾内は玄海灘に比べ波は静かで訓練条件が整っていた。

博多航空隊へ入隊早々の十二月八日、ラジオ放送で、わが連合艦隊がハワイを奇襲したことを知った。そして大勝利の戦果に「万歳、万歳」で盛り上がった。

ハワイ攻撃に続いて十日にマレー沖海戦があり、第二次世界大戦へ突入したのである。米・英を相手の戦争で、新聞の見出しも一段と大きく、街では号外が飛ぶように売れていて、戦勝ムードに沸いていた。

隊内では戦時体制とあって、外出の回数も一段と厳しく制限されるようになり、九四式水偵による日本海方面の哨戒飛行の回数も増え、まさに「月月火水木金金」の勤務だ。

博多航空隊では、飛行練習生の延長教育として実用機による約三ヵ月の訓練が組まれていた。厳寒の中での訓練だが、開戦という緊張感も手伝って、練習生も期長の有木利夫兵曹を中心に元気一杯の訓練が開始された。そして、戦勝ムードに酔うことなく「勝って兜の緒を締めよ」と戒められ、通信を打つにも、吊り床を吊るにも「確実に、もっと速く」と気合いを入れられた。

われわれ練習生は、朝食前に、格納庫前の広いエプロンに整列、台車に乗った三座の九四式水上偵察機を五、六機準備する。朝食をすませ飛行作業整列時は、搭乗する者は飛行服だが、待機する者は地下足袋か胸まであるゴム長姿である。

ゆるい傾斜の「滑り」に沿って飛行機を台車ごと海上に下ろし、揚収するときも台車に乗せる。もちろん、運搬用の牽引車による作業だが、海に入っての作業は練習生が行なう。陸上機にはない作業で、多少の危険性が伴う。

一回の飛行時間約四十分、教員の操縦で後席には偵察訓練と通信訓練の二名の練習生が同乗し、午前に三回の飛行があって、午後は座学が組まれていた。

冬の哨戒飛行

飛行訓練も順調に進み、日曜日は交代で哨戒任務についた。教員が偵察員で練習生が電信員を勤め、日本海から東支那海方面を飛んだ。コースは、博多を離水し壹岐を過ぎ対馬の南端から南西へ約二百浬進出し、測程五十浬で帰る約五時間の飛行で、主目標は敵潜水艦だった。視界が良ければ済州島を眺められ、明治時代の日本海海戦はこの辺りだったのだろうかと想像していた。

二月の玄海灘は雪が舞い、吹き曝しの座席で足先のしびれに耐えながら、早く風防のある零式水偵に乗りたいと願っていた。小水を受けた袋は床に凍りつくし、握り飯は固くなって冷たかった。でも、実戦に参加していることに誇りを感じていた。

博多空へは同期の操縦の組も来ており、二機の九五水偵（複座）による巴戦や、曳航標的への実弾射撃訓練など、操縦桿一つで自由に飛行機を操る自慢話は羨ましかった。でも、同列同級の者が同じ飛行機に乗った場合は、偵察員の方が機長になるのだ。このためか、訓練中は別として、実施部隊では同期生だけで飛ぶことはなかった。

訓練中に同期で操縦組の飯盛数馬兵曹が、九五水偵で着水時に転覆し殉職したことは惜しまれる。同期生の初めての犠牲だった。

十七年一月下旬、同期の操縦組は一足先に卒業、それぞれの任地へ向かった。

二月下旬、郷里の石川県から父母と妹の三人が面会に来てくれた。戦争が一段と激しくなり、最後と思って来てくれたのであろう。長男の元気な様子に安堵されたようだった。たがいに口には出さぬがこれが最後かという覚悟はできていたと思う。遠い九州までの汽車の旅だ。ありがたかった。稼業をつがぬ親不幸を心で詫び、博多の街で数時間を過ごした。「乗りかかった船だ、降りるわけにはいかん」と、空を眺め心に誓っていた。

卒業前だったが、志賀島へ行軍したこともある。漁民の方たちから鯛の料理で歓迎され、楽しい一日を過ごすことができた。

同期三人である日、博多へ外出しての帰り、駅に着いたときは終電車がすでに発車した後だった。貨物列車があると聞いて、お願いして車掌室に乗せてもらうことになった。下車駅「海のなかみち」に停車しないことに途中で気が付き、帰隊時刻に間に合わぬと分かって三人とも半ば青くなってしまった。

さてどうしたものかと思案した。門限を切ることは懲罰問題だ。駅は近い、飛び下りるしか手立てはない。その時、列車のスピードが落ち、車掌が目配せした。スピードはさらに超スローになった。車掌室の扉を開け、駅の手前の砂地に転げるようにして飛び下りた。三人並んで、走り去る貨物列車を最敬礼で見送った。

十七年二月二十八日、飛行練習生の全課程を終了、実施部隊に配属されることになった。卒業したということよりも飛行術の特技章を左腕に付けられることが嬉しかった。

お世話になった教官教員方とは、いずれ共に戦場に立つこともあろう。土浦、鈴鹿、博多と、三つ目の隊門だ。ようやく放たれることになった雛鷲たちの「元気でなーよー」と、たがいの武運を祈る叫び声が博多湾に流れた。

舞鶴航空隊へ配属になった私たち四名（伊香利夫、中井恭哉、井上貞司、田中三也）は、山陽道をしばしの自由な旅を楽しみながら語り合い、細切れのように各地へ赴任して行った同期の面々との戦地での再会を夢見ていた。

翌日、下車駅「栗田《くんだ》」に着いた。宮津の近くで栗田湾に面した水上機の基地である。実戦配備の希望に燃えた四名は、緊張の面持ちで舞鶴海軍航空隊の門を入った。

偵察専修飛行練習生の飛行作業の訓練に使用された九〇式機上作業練習機

博多空の延長教育では、九四式水上偵察機で実用機教程の訓練を実施

昭和17年2月28日、飛行練習生課程卒業の日を迎えた15期生。5つボタンの下士官服左袖には飛行術の特技章が付けられている。2列目右から5番目が著者

博多空飛行練習生時代の著者。階級は三等航空兵曹（三空曹）。昭和17年1月1日撮影

初の実施部隊

日本海軍には横須賀、呉、佐世保、舞鶴の四つの鎮守府があって、それぞれが日本周辺の守備範囲を受け持っていた。舞鶴鎮守府には、重巡洋艦の「利根」「筑摩」が所属していた。水上機の基地は、北から大湊、鹿島、館山、舞鶴、呉、佐世保、佐伯などがあり、舞鶴航空隊は舞鶴軍港と共に日本海防衛の要である。

私の兵籍番号は舞志空九八二、改名されて舞志飛五七九となっていて、古巣に帰ってきたような気がした。

舞鶴航空隊に着隊した四名は挨拶回りも終え、隊内を一巡した。本部庁舎や兵舎などはこじんまりとしていたが、飛行機の格納庫は大きく、格納庫前のエプロンには、九五式水偵、九四式水偵にまじって真新しい零式水偵がひときわ目立っていた。巡洋艦搭載の飛行機もこの基地を使うとのことだった。

落下傘や無線機の整備場も整っている。隊内は練習部隊のような堅さより、ひらけた明るさを感じた。

搭乗員の先任下士官は善行賞三本の鐵水源一一空曹、温厚そうで太っ腹、操縦練習生出身の古参兵らしい可愛い口髭があった。静かな口調で、初対面の私の緊張感を取り除いてくれ、早速複座の九五水偵に同乗することを約束してくれた。

単フロートの九五水偵の離水は双フロートの九四水偵に比べ、スピードが増すと軽く水面を切り、ぐんぐん上昇した。空中での上昇降下や旋回までは快適だったが、空中戦の運動に入るや重力の作用で息の根も止まるほどで、血が逆流するかと思った。慣れてきたころにはもう着水姿勢に入り、滑るように着水した。宙返りなどの特殊飛行は初めてで、座席にしがみついていたという状態で無線訓練どころでなかった。

私の搭乗機はほとんど三座機で、電信員の任務だった。低翼単葉の零式水偵は乗り心地も良く、後部座席に収まっての無線訓練を兼ねた日本海の哨戒飛行に意気を感じ、洋上の気象に自然の驚異を味わっていた。舞鶴湾口付近は、特に敵潜水艦への警戒は厳重だった。

実施部隊では、寝るのは吊り床でも、吊り床訓練もなく、飛行作業以外は自主的に通信、手旗、発光信号などの訓練をしていた。夕食後週二回の上陸も可能で、日曜には軍港や天の橋立へも行って、浩然の気を養い、飛行機乗りになったことを誇りにも思っていた。

開戦から三ヵ月が過ぎ、インド洋方面のイギリス艦隊の行動も聞くようになり、隊内でも戦いへの緊張が高まっていた。同期の四名は、それなりに技量に自信もつき、そろそろ戦地への噂もあった。

四月になって、いよいよ転勤の命令があった。転勤先はビルマのラングーンに進出している第十二特別根拠地隊である。インド洋のアンダマン諸島に布陣の予定とあった。

舞鶴からは鐽水飛曹長と、中井、井上、私の同期三名も行くことになった。戦地への転勤である。送別の宴も催され、ますます士気はあがった。二日後、二ヵ月前と同じ山陽線を今度は九州の佐世保を目指した。車中では、進級したばかりの鐽水飛曹長の硬軟取り混ぜた熱弁に聞き入った。

まず驚いたのは、途中の三ヵ所の駅で妙齢のご婦人を紹介されたことだ。ご関係のほどは分からなかったが、「お世話になります」と最敬礼して、差し入れの弁当をありがたくいただいた。

戦地勤務の心得、部下指導、特に敵と対峙したときの心構え、実戦模様、異性との付き合いかた、港での遊び場、衛生法にも話がおよんで、時間のたつのを忘れていた。

いよいよ佐世保だ、鐙さんから「男の戦い方」を学んだ気がした。よい旅だった。

インド洋の第十二特別根拠地隊へ

任地への経路は、佐世保港から出港する輸送船に零式水上偵察機五機と基地用器材を搭載し、飛行隊要員も便乗してシンガポールへ行き、以後は空輸でアンダマン諸島へ向かう。

四月中旬、十二特別根拠地隊の内堀部隊（水偵隊）要員は佐世保に集合し、装備を整え、駆逐艦の護衛で一路シンガポールを目指した。

航路上の敵潜水艦を警戒し、船は針路を欺瞞するための複雑な変針運動を繰り返しながら進んだ。途中は交代で見張りにも立ったが、危険なこともなく無事に目的地に入港した。

シンガポールは占領して日も浅く、市街の数ヵ所から白煙が上がっていた。

船から降ろされた飛行機は水上基地に運ばれてアンダマンへの移動の準備が行なわれ、基地用の器材も小型船に積み替えられていたようだった。

数日後、飛行隊はペナン経由で最終目的地インド洋のアンダマン諸島へ飛んだ。

基地は同諸島の中で最も大きい島にあって、その島に英国の監獄があったと聞いていた。ここには一時期、日本の飛行艇部隊が進駐していたが、すでに移動していた。

零式水偵は湾内の飛行艇用のブイに係留、岸とはゴムボートで往復した。基地用の器材も大型運搬船で到着、暑いなかを総員での陸揚げ作業が二日間続いた。

居住はイギリスの囚人が使用していた建物で、床は背丈ほどの高さの風通しのいい大きな構えのものだが、兵舎と言えるものではない。

夜になると宿舎の回りを水牛が駆け回り、どこからか「うおーうおー」と牛蛙の声が聞こえて、蚊帳の中で異様な雰囲気を味わっていた。

雨の降っている夜だった。病室で寝ている同期の井上の容態が危ない、との知らせを受け、中井と二人で走った。呼べど応答なく、ぐったりして、もう駄目だと思った。

いろいろと話すうち、その日の電話線を張る作業で生木（椰子の木）に釘を打ったことを思い出した。善は急げと、雨の中を電灯片手にわれを忘れて釘を抜いて回った。辺りが明るくなる頃ようやく終わった。海岸から宿舎までだから五十本以上あったろう。

病室へ行って驚いた。本人はベットに座り「やー、おはよう」ときた。でもほっとした。

デング熱も流行し、壁の中に囚人の死体が塗り込めてあるとかで不気味だった。

基地の設営も一段落した日、飛行機のコンパスの自差修正のため、水上滑走で砂浜のいい場所を探し、小島に上陸した。島民が物珍しさに寄ってきて握手などしていた。作業を終えて飛行機をブイに繋ぎ、一日の作業を終え、宿舎の掲示板を見て驚いた。「人喰い人種のいる島へは近寄るな」とあって、略図に今日行った島に印がついていたのには肝を冷やした。二、三日して別の飛行機で行ってみた。今度は拳銃を胸に、恐る恐る浜辺に接岸してみたが、島民は相変わらず陽気に振る舞ってくれていた。

飛行隊の任務はインド洋の哨戒で連日二機が飛び、国籍不明の船舶や英国艦隊の動きを警戒していた。同期の中井は偵察員、井上と私は電信員配置で飛んでいたが、新しい情報も少なく平穏な日が続いていた。

六月五日、ミッドウエー海戦の重大ニュースが飛び込んだ。その未曾有の海戦の結末に、事の重大さを感じていた。

六月下旬、突然本部から呼び出しがあった。連合艦隊への転勤命令で、八戦隊の巡洋艦への乗り組みである。「舞鶴戦艦、利根、筑摩」と俗に言われていたが、重巡洋艦である。艦隊乗り組みの搭乗員になるには、並の技量じゃ駄目だと聞いていただけに驚いたが、望んでいたことであり覚悟をきめた。

「利根」か「筑摩」か、いずれにしても舞鶴へ帰れる。任務のことより自分の鎮守府に所属できることが嬉しかった。

「田中、お前また鎚さんと一緒の『利根』で良かったね」と聞き、飛び上がった。

同期の中井は「筑摩」と決まり舞鶴まで一緒だが、井上とはアンダマンで別れることになった。遂に一人になってしまったかと思うと寂しくもあった。

シンガポールから上海経由で福岡の雁の巣飛行場まで民間の輸送機で帰国することになった。

下士官が民間機で帰国できるなんて夢のような話であり、それほど緊急なことなのかと考えてもみた。軍艦には出港の期日と時刻という大切な事項のあることに気付いた。帽振れの見送りを受け、零式水偵でシンガポールまで飛び、輸送機に乗り組んだ。客はほとんどが陸海の軍人で民間の人も数人いた。

東支那海を北上し上海に着陸した。燃料補給中に、飛行場の待合室で休憩していて、若気のいたりか支那服のクーニャンの姿に見とれていた。「山田五十鈴さんに負けないね」と言ったら、鑓さんもにっこりしていた。

飛行機は見慣れた博多の「雁の巣飛行場」に無事に着陸した。

順調にことが運び、出発して三日後には真っ赤な夕陽を眺め、三人は舞鶴港の波止場で内火艇の便を待った。鑓水飛曹長があらたまった口調で私に言った。

「いよいよ艦隊乗り組みだ。勝手の違うこともあろうが、技量に自信をもってやりなさい」

そして、「どんな命令でも、やるべき時は迷わずに行くのが軍人だ」と。

「はい、分かりました」と、ありがたく受け止めていた。

第二章　艦隊勤務

巡洋艦「利根」

迎えの内火艇が桟橋に着いた。三ヵ月ぶりの舞鶴だが、前途に横たわる任務の重さを意識してか別世界に来たみたいだった。

鉄の固まりのような重巡洋艦「利根」のラッタルを、衣嚢《いのう》担いで鑓さんの後に続いた。前甲板に四つの主砲塔、後甲板には零式水偵五機の飛行甲板を備えた航空巡洋艦だ。

挨拶回りも終わり、搭乗員（士官六人、下士官兵十二人）の仲間入りをして日課が始まった。早速、搭乗の組が決まった。操縦が陶《すえ》三郎一飛曹、偵察は古沢関夫上飛曹、電信に私（田中一飛曹）。古沢上飛曹はまもなく飛行兵曹長に進級し、信頼もあり、心強かった。

搭乗員室は艦橋の下で右舷に位置し、二、三段の箱ベッドで、快適だった。食事準備、掃除、飛行機手入れは序の口で、六十キロの対潜爆弾を弾庫から担ぎ上げる作業には参った。階段は狭くて急で危険だった。上げるだけならよいが、下ろすことだってあるのだ。

艦が内地に入港するときは、飛行機隊はよく九州の佐伯基地を使った。ここは水上基地と陸上基地があって、基地では飛行訓練や飛行機の整備、コンパスの自差修正も重要な作業だった。

空母艦載機との合同演習も実施され、急降下爆撃や魚雷攻撃、空中戦と実戦さながらの運動が展開された。

基地訓練中の楽しみは、なんといっても週二回の外出だった。艦隊乗組の同期生との再会に盛り上がり、佐伯の花街も賑わっていた。

航海中は操縦員・偵察員は図上演習を、電信員は電信技術、暗号書の取り扱いが主な訓練だった。

戦地では前線基地トラック島によく入港した。入港中は、柔道、剣道、銃剣術、相撲大会も行なわれ、仮装しての演芸会は人気があった。

ある柔道大会で私は先鋒で出場、足払いで三人抜き、四人目で四段の相手に巴投げをくらい、艦の手摺りを越えて海にドブン。でも、最多勝ということで優勝となり、艦長から清酒一本いただいたことがある。

通常の日課では、洗濯石鹸をいつも腰にぶら下げていた。艦がスコールに入ると「洗濯はじめ」の号令がかかり、その場で作業服の洗濯が始まる。そして暇を見つけては真鍮の洗面器を磨いていた。これは、甲板で洗面のおり、部下の躾を見られるからだ。艦内での水は貴重品だったから、入浴時のお湯は洗面器三杯と決められていた。

第二次ソロモン海戦

「利根」に乗艦して間もない昭和十七年八月十六日、瀬戸内海の柱島を出港した。

第三艦隊八戦隊一番艦。私にとっては艦隊初の出撃だ。荒波を蹴って進む威風堂々の陣容は、「凄い」の一言だった。

作戦の詳細については知るよしもないが、出撃の目的は、ガダルカナル島（ガ島）奪回の部隊の支援と敵の空母を捕捉撃滅するというものであって、目的も命令も聞くことすべてスケールが大きかった。ただ、一日も早く艦の生活に慣れ、自分の配置を確実に守りぬくことを考えていた。

戦場も近い、初めは空母「翔鶴」「瑞鶴」「龍驤」の三隻の姿も望遠でき心強かったが、「利根」は別働隊となり、「龍驤」と駆逐艦二隻（「時津風」「天津風」）とともに本隊から分離した。

「利根」を先頭に四隻はガ島へ向け進撃していた。天候は悪く偵察機の発進命令はなかった。

朝食をすませたころだった。艦内スピーカーで「敵飛行艇一機見ゆ」と放送された。

「電信員集合」の知らせがあり、艦上の飛行機二機から偽電を発信するようにと命令された。戦場で行動しているような暗号文を発信、敵を引き寄せる囮《おとり》作戦である。

飛行機の座席に潜り込み、発信した。効果があったのか午後になって、敵大型機B17の爆撃を受けた。被害はなかったが空母の近くに大きな水柱が立ったのを見た。

昭和17年５月17日、ミッドウエー作戦で柱島を出撃する重巡洋艦「利根」。
前部主砲塔群と後部飛行甲板上の零式水偵３機、九五水偵１機が見える

「利根」艦上で通常毎朝行なわれていた乗組員による「海軍体操」風景

昭和17年９月30日、水偵のコンパスの自差修正のため訪れたトラック環礁内の島で島民たちと。左端の飛行帽にふんどし姿で立っているのが著者

〔上〕著者のペアで操縦員の陶三郎一飛曹（18年３月）。〔右〕「利根」水偵電信員時代の著者（一飛曹、17年９月）

トラック環礁内の島に来た「利根」の零式水偵。右ページ上写真と同時期

重巡「利根」乗り組みの水偵搭乗員たち。〔上〕予科練先輩の清水（右）と著者、〔右上〕鴨池（左）と著者、〔右〕岩佐覚上飛

「いよいよおいでなさった」と、厳重な見張りが続いた。敵小型機の来襲だ。「敵機来襲」――前甲板の二十センチ主砲八門が轟然と火を吹いた。

空母への急降下爆撃に続いて魚雷攻撃が始まった。後続の敵機は「利根」に向かってきた。「雷撃機だ」、両舷の機銃も高角砲も撃ちだし、艦は回避運動を開始した。魚雷の航跡がはっきり見える。

空母はと見ると、周りに十本もの水柱が上がって一時姿は見えなくなった。「急降下爆撃機だ」、味方の薬きょうが甲板に転がり、負傷者が運ばれる。

誰かが後甲板の飛行機に飛び乗り、旋回機銃を構え、撃ち出した。「よし俺も」と行きかけたとき、「危ないから隠れろ」と、私は艦内に引きずりこまれた。陶兵曹だった。

敵の魚雷を避けるため、艦は大きく旋回する。主砲の発砲音と風圧で目の球が飛びだしそうだ。初めての戦闘経験で凄まじさに肝を冷やすばかりだった。

味方の上空警戒の戦闘機も奮戦しているが、敵機の数にはおよばないようだった。敵は去り、戦闘は終わった。わずか五、六分の戦闘だったが、長く感じた。

敵機が去ったとき周りには味方の艦は見えなかった。各艦とも敵の攻撃を回避するのに手一杯であったろう。しばらくして空母の周りに集まってきた。空母はかなり傾いていたが駆逐艦二隻は被害はなかったようだった。

ガ島攻撃から帰ってきた味方機は空母に着艦できず、陸上のブカ基地へ向かった。被弾したり燃料ぎれの飛行機は、駆逐艦の側に着水し、戦闘配備はとかれた。

空母の曳航は不可能と、乗員は駆逐艦に収容され、「龍驤」は日没に艦尾から沈んでいった。

戦い終わって、ミッドウエー海戦を経験している陶兵曹からこんこんと注意された。

「よく聞け、戦闘中は甲板にいると弾はどこから来るか分からないんだ。艦は鉄でできているから弾は跳ね返ってくるぞ。同じ死でも、俺たちは飛行機の方が本望なんだ」と。

運命

トラック島を出撃し、ソロモン海域へ向かって航海中だった。戦闘海域に入り「戦闘配置につけ」の発令があった。

右弦高角砲の若い砲員が、砲の先端のカバーを外すために砲身を登り始めた。カバーに手がとどいた時、「敵機来襲」「目標、敵飛行機……」の号令で砲身が動きだし、反動でその砲員は海中に落下してしまった。

この知らせで艦尾の番兵が、すかさず救命用のブイを投げた。遠ざかる彼も視界から消えてしまった。戦闘中で助ける手立てはない。艦橋から後続の駆逐艦へ手旗信号でこの状況が知らされ、落下地点が記録されていた。

戦闘を終え、艦隊はトラック島に引き揚げ、彼のことを半ば諦めていたとき、遅れて入港してきた駆逐艦から救助したとの知らせがあった。奇跡とはこのことかと感嘆の声が上がった。駆逐艦が帰途に落下地点の近くを通り、浮遊物につかまり懸命に海水を上げる彼を見付けたという。落ちてから三日目のことだった。鏡のように静かな海面だったことが奇跡を生んだのであろう。よくあきらめずに頑張ったものだと感心した。後日、彼の話を聞いた。「死のうと思って舌を噛んだが、噛み切れるものではない」と。

戦場からの帰りに戦死者の水葬が行なわれることがあった。木製の箱か吊り床に納め、乗員の見送りの中、ラッパ「国の鎮め」と小銃の空砲の音によって別れを告げるのだ。海軍軍人なら何時かは艦と運命を共にすることもあろう。「良い死に場所を」と、誰もが願っていた。

十一月の第三次ソロモン海戦の時だった。索敵に出撃した偵察機（妻井、長谷川、鴨池）が帰投予定時刻になったが帰艦せず、まったく連絡はない。艦隊はすでに戦闘区域を離れ、トラック基地へ向かっている。呼べど答えず一時間はたち、捜索のため一機（鎗水、清水、実近）発艦した。二時間経過したが連絡はない。日は傾き、ついに「捜索打ち切り、帰投せよ」と連絡した。日没近く、捜索機は帰還し着水、収容されたが、その後も妻井機の消息はなかった。

人間の「運命と奇跡」――一寸先のことは誰にも分からない。

前路哨戒

艦隊勤務にも慣れてきたころ、「利根」がトラック島に入港中のことである。戦艦「大和」のトラック島への入港に備え、その針路上の敵潜水艦を警戒する任務につくことになり、零式水偵（古沢、陶、私）に六十キロ対潜爆弾四発を搭載し離水した。

日本艦隊の前方三十浬の範囲の警戒に入った。海面に白波が立ち、発見の条件は極めて悪い。見張る目も海面反射で痛くなりだしたころだった。

「いた、投下よーい」と、陶兵曹が叫んで、爆撃体勢に入るや一弾投下した。海中で爆破し、海面が盛り上がった。その位置を確保するためにすかさず銀粉入りの目標弾を投下、「敵潜水艦発見、爆撃す」と打電した。白波の方向を切るように直角方向に走る潜望鏡の白い航跡をはっきりと発見したのだった。続いて連続二発投下し様子を見ていた。

「油だ」「油にだまされるな」機内は騒然としていた。機長は落ちついた口調で、

「潜水艦だって必死だぞ。油を出して相手を欺瞞するぐらいのことはやるさ」

敵潜の被害は分からないが、深く潜航したであろう。

二隻の駆逐艦が全速で駆けつけてくれた。あとは駆逐艦にまかせ哨戒を続けた。艦隊も無事にトラック島の北の水道を通過し入港、錨を降ろした。

「よくやってくれた」。艦長のこの一言に命を張っているみたいなものだったが、潜水艦に対する爆撃は初めてで、帰艦しても多少興奮していた。

南太平洋海戦出撃

昭和十七年十月二十六日、わが機動部隊は、ミッドウエー海戦の屈辱を果たさんと全神経を敵空母群に集中し、暗夜の南太平洋を東に向かっていた。ここ二、三日の情報によると、敵水上部隊との距離は確実に狭まっている。

午前三時、前衛部隊の巡洋艦「利根」の左舷カタパルト（射出機）上に、零式水上偵察機（三人乗り）が射出発艦の準備が完了していた。

艦橋では出発前の打ち合わせが行なわれ、前衛から水偵七機、空母から十数機の扇形二段の大掛かりな索敵線が示され、艦位の照合も終わった。

夜明けまでにはまだ間がある。舷側の白波にまじって夜光虫が流れ、海は静かだ。

私たち二号機搭乗員（機長・偵察員古沢飛曹長、操縦員陶一飛曹、電信員田中一飛曹）にとっては、二日連続の出撃である。この日の艦長（兄部《こうべ》勇次大佐）の命令は、艦隊の運命をかけた厳しいもので、「決戦は近い、勝敗は君たちの双肩にかかっている。吉報を待つ」と、連続出撃行への労《ねぎら》いの言葉もあり、三人は「今日こそはミッドウエー海戦の仇《かたき》を」と、誓い合った。

艦は、完全な灯火管制が実施されていた。飛行機のエンジンの排気だけが青白く光り、上甲板には、決戦をまえにして眠れぬ夜を過ごしているのか人影があった。

後部マスト上の飛行長（武田春雄大尉）から白灯による指示があって、整備員の動きが忙しくなり、カタパルトへ射出用の炸薬が装填される。

「エンジン快調」

機長は片手をあげ、飛行長へ「準備よし」のサインがおくられた。

飛行機を風に正しく向けるために、艦はゆっくりと旋回を始めた。射出発艦の瞬間が刻々とせまる。

乗員の座席は前方を向いているが、最後席の電信員の射出時の姿勢は次のとおりである。最後部にあって、後頭部を支え、座席バンドを締める。左手で後部機銃（七・七ミリ）の把握を握り、開けた風防を右手で押さえる。左足で前面の無線機（空三号型）を飛び出さないよう押さえ、右足で用具袋や弁当を押さえる。暗号書や双眼鏡を体に縛り、前方を正視する。これが、静止状態から秒速五十メートルへの加速に耐えるための準備である。

「射出準備完了」

飛行長の持った赤ランプが点灯し、「発射用意」の指示があった。

「エンジン全開」

すごい振動が伝わってくる。「さあ、行くぞ」と、気合いがはいる。赤ランプが大きく弧をえがいて、上方で一瞬とまり、垂直に降された。

「ドカーン」大音響と閃光が闇をつんざく。「グッ」と、息をこらえて加速に耐える。凄い加重だ。一、二、三、四――「ホッ」と、一息ついて生気がもどる。

機は海面を這うように飛び出し、徐々に上昇していく。昼間なら去り行く艦を眺めるところだが、あたりは真っ暗だ。今日も無事に射出できたことに安堵した。

前衛の各艦からも閃光が見え、扇形の索敵コースへそれぞれ発進したようだ。

当時の「利根」搭乗員は、飛行長武田春雄、飛行士永野勉、妻井八郎、鑓水源一、古沢関夫、甘利洋司、軽部哲夫、田中信太郎、清水孝作、陶三郎、長谷川保斗、田中三也（筆者）、岡田保、五十嵐、鴨池源八、内山博、実近幸男、岩佐覚の十八名であった。

敵大部隊見ユ

やがて水平線が白み始め、視界はみるみる広がってきた。

「目ん玉ひんむいてよく見ろよ」と、機長の檄がとんだ。見張り区分は、偵察員が全周を、操縦員は前半周を、電信員は後半周と一応きめられていた。私は無線の傍受に努めながら索敵コースに乗るころからすわる向きを後ろに変えて見張った。

目標は敵機動部隊だが、飛行機や潜水艦も見逃すわけにはいかない。青い海も、その色合いに濃淡があり、油や浮遊物もあって、魚影にまで「ハッ」と驚くことがある。強風ともなると波は白い筋となって流れ、目標の発見はますます困難となる。

機動部隊の戦いは、まず先手を打って敵の航空母艦の飛行甲板を破壊する。飛行機の発艦を不能にすることで相手の攻撃力を封じ込め、味方を優位に導くことが常道とされている。それには、優秀な飛行機乗りの捨て身の活躍が期待される。

水上偵察機は、下駄（フロート）履きで低速、しかも運動性能は悪く、喰うか喰われるかの戦いの場では正直いって縁の下の力持ちといった存在だ。「敵発見」の第一電に命をかけるのも偵察機乗りの宿命である。日頃の訓練も、この一瞬のためにあると教え込まれていた。

進むにつれて急に視界が落ちた。水平線で艦影を捕らえることも難しく、航跡（ウエーキ）の発見に視力がそそがれる。エンジンの調整、地点の確認（航法）、無電の傍受とそれぞれの職責を守りながら見張りは続く。「必ずいる、必ずいる」と暗示をかけながら見張るのもひとつの手だ。

「敵だ」と、鼓膜を刺すような陶兵曹の叫び。指差す方向に数本の航跡がはっきりと見えた。すごい数だ。

『敵大部隊見ユ、地点……、針路……、速力……』（地点符字を使用）

第一電が放たれた。歴戦の機長は手袋をして、小さいネオンランプをアンテナにあて、点滅する光で発信電波の状況を確認してくれていた。私は、これほどの大部隊を見たのは初めてで少々あがりぎみだった。それだけに機長の心遣いが嬉しかった。

「空母はいないぞ、探すんだ」

どすのきいた機長の声。

『敵ノ兵力……、付近ノ天候……』と、すべて暗号で矢継ぎ早に打電し、敵戦闘機に気をくばりながら、空母の発見に努めた。

別の索敵機からも敵発見の報告があったが、空母は依然として不明である。空母を追って、各機の懸命な捜索が続けられた。

敵の後方に回ったとき、機長の双眼鏡が一点を注視した。

「空母だ……ホーネットだ」

機長の甲高い声が伝声管をながれる。ついに発見。グッと胸が高鳴る。

『敵空母一隻見ユ、地点……、進路……、速力……』を打電、了解を受信する。思わず、両手をあげて万歳を叫んだ。

『敵付近天候……』、敵情の打電と見張りが続く。敵の兵力、進路、天候、とくに戦闘機は味方の指揮官にとって大切な情報である。間近に迫る一大決戦に身震いすら感じた。

その後も、味方の攻撃隊と無線連絡をとりながら、空母への触接を続けた。

味方の攻撃隊を有利に導くため、敵の艦種・隻数・陣形・行動・天候・上空直衛機の配置等を詳細に通報する必要があるのだ。その間、敵の目から逃れるためには、飛行高度を変えたり雲や太陽を利用し、隠密裡に接近・離脱を繰り返さねばならない。

一時間ぐらいたった頃、味方の戦爆連合の編隊が望見された。その中には同期生も何人かはいるはずだ。「頼むぞ」と、両手を合わせる思いで祈った。敵味方の艦隊の位置がかなり接近しているようでもある。

『攻撃開始』

攻撃隊から無電がはいった。

艦上攻撃機（魚雷搭載）は、防空砲火をくぐり、水柱をよけながら肉薄する。艦上爆撃機（爆弾搭載）は、上空から弾幕の中を逆落としに突っ込む。戦闘機も弧をえがきながら宙を舞い、必死の攻防戦の展開だ。

敵艦の煙幕展張で視界が遮られ、攻撃の戦果は確認しにくいが、砲火の凄まじさから断末魔の敵の動きが想像できる。

敵空母への攻撃とその戦果が、攻撃隊から刻々と入電し、空母を含め数隻の艦艇に大きな打撃を与えたようだった。息づまるような戦闘はようやく終わった。

昭和17年10月26日、著者眼下の南太平洋海戦で、日本軍機の猛攻を受ける
米空母ホーネット。画面左方から艦攻が、上方から艦爆が突入している

〔上〕黎明の空をバックに「利根」のカタパルト上で発艦を待つ零式水偵
〔左〕雲上を飛行中の「利根」搭載の零式水偵

帰投

黒煙をあげている空母ホーネットを横目に帰途につくことになった。

ようやく我に返り、弁当を食べ始めたときだった。反航する多くの飛行機を発見した。遠くて敵味方の識別はできないが、もし、敵機とすれば味方の艦艇も攻撃を受けたに違いない。だとすれば、味方艦艇との会合地点の変更もありうる。

洋上での航法は、陸上と違いなんの目標もないところを飛ぶので、高度の航法技術が要求される。飛行機は、風の影響を多分に受けるので、飛行高度における正確な風向風速を測定し、刻々の機位を推測しながら飛ぶのである。この推測航法のやり方に天測を加味することもある。航法誤差は死に連なることにもなりかねない。

機長は航法に入念になり、操縦員の針路保持にも口うるさく精度を要求した。しかし、会合予定地点に到達したが艦隊の姿は見えない。

「はてな?」と、機長の独り言が伝声管を伝わってくる。

「味方の駆逐艦だ」

会合予定地点に一隻の小型艦艇が航行していた。

駆逐艦から発光信号があり、味方艦隊の位置を知らせてくれると同時に、その方向を艦首で示してくれた。約二十分後、無事に艦隊と会合することができた。

八戦隊の巡洋艦「利根」「筑摩」は、前甲板に主砲塔四基を備え、後甲板に水偵五機を搭載できた。上空から見ると戦艦「大和」に似ており、敵の攻撃目標になるんじゃないかと、よけいなことまで心配した。

「二番艦『筑摩』がいない」

不吉な予感がはしった。

飛行機揚収

海面は飛沫《しぶき》でおおわれ視界は悪く、着水を危ぶむほどの波だ。無事に帰ったのに、今度は操縦員が頭の痛い番だ。

『飛行機揚収第二法』——信号マストに旗旒が上がった。

着水の方法は風の強さで決まる。揚収第一法は、波の静かな場合で、飛行機が艦の近くに着水して揚収する。第二法は、艦が旋回して波を消し、そこへ着水して艦に近付き揚収する。第三法は、着水までは第二法と同じだが、艦が飛行機に近付き揚収することをいう。揚収のことを「トンボ釣り」ともいった。

艦は、航行隊形の列から離れて旋回を開始した。旋回圏の内側は波が消えて鏡のようだ。だが、山のようなうねりが待ち受けている。

機はスピードをゆるめ、フラップを下ろす。ぐんぐんと高度が下がる。うねりの峰が近付いたとみるや、「バッ、バッ」と、不気味な音と衝撃を感じ、機は宙にはねあがる。二、三回バウンドを繰り返し、ようやく着水でき、行き足がとまった。半ばうねりに身をまかせ、

利根型重巡の零式水偵の揚収作業。電信員が機体に取り付けた４本のワイヤを大型のデリックで吊り上げている

艦が見え隠れするなかを、飛沫をかぶりながら進む。「バサッ、ブスッ」と、プロペラが波を切り、機は大きく揺れる。

艦上には、多くの乗組員が帽子を振って出迎えてくれていた。

私は、電信席から揚収金具をとりだし、翼の上を這うようにして操縦席にたどりついた。そして、すべる足に気を配りながらようやくにして機体の四ヵ所に金具を取り付け、操縦席にまたがり、揚収フックをかまえた。飛行機は艦と並ぶように接近する。翼端と艦の距離は二メートル。

艦は微速をさらに落とし、わが子をかばう親鳥のように風を遮ってくれている。中甲板の魚雷発射管室から、数本の竹竿が伸びだし、さかんに翼端の衝突をくいとめる。

デリックが張り出され、揚収の吊り輪が下がってきた。機は、艦と平行に進みながら吊り輪に近付く。上下の動揺があってはフックのタイミングをつかむことが困難だ。このトンボ釣りは、指揮する者、デリックや吊り輪を操作する者、操縦員、電信員と全員の心が一致してこそ成功する作業である。

機が大きなうねりの底までさがり、徐々に上向いてきたとき三角の吊り輪がプロペラをかわして目の前に現われた。すかさずフックを掛ける。「グン」と、機体にとりつけた四本のワイヤが張って機はいっきに宙に浮いた。

「やった」と、全身の力が急に抜けた感じだ。艦は、潜水艦を警戒してか飛行機を吊ったままスピードを上げ始めた。発艦してから約五時間、ふたたびカタパルトの上に落ち着くことができた。

夢にまで見た敵機動部隊を発見、その第一報を打電できたことは、偵察機乗りの冥利につきる思いがした。生涯わすれることはなかろう。

報告のため艦橋へ向かう。ラッタルを上る足も軽快だった。

微笑みで迎えてくれた艦長は、大きくうなずきながら報告を聞き、「よくやった」と三人それぞれの手を握り、労ってくれた。

その夜、ふたたび敵に接近し、空母「ホーネット」の火災を近くに見た。完全に停止して大きく傾き、紅蓮の炎につつまれて、飛行甲板ではときどき小爆発がおきていた。

状況がゆるせば「ホーネット」を拿捕する計画だったらしいが、曳航不能と判断され、魚雷攻撃で最後のとどめを刺すことになった。

私は、上甲板に座り込み状況の変化を見守っていたが、疲れをおぼえて寝入ってしまい、宿敵「ホーネット」の最期を見とどけることはできなかった。

同期生の死

戦いを終え、わが艦隊は無事にトラック諸島の狭水道を通過した。トラック諸島には、春、夏、秋、冬などの多くの島があって、これらの島が環礁でとりまかれた天然の要港である。

水偵偵察員として「筑摩」に乗り組んでいた同期生・中井恭哉

「利根」は静かに錨地まで進み、投錨して疲れ切った行き足をとめた。そこに、先行していた二番艦「筑摩」の変わり果てた姿を見た。艦橋の上部はもぎとられ、後部の飛行甲板も大きくえぐりとられている。

翌日、「筑摩」の搭乗員室へ片付けの応援に出向き、乗艦してさらに驚いた。中甲板の魚雷発射管室では、鉄骨が飴のように曲り、血で洗われたであろう甲板には硝煙と重油の臭いがただよう。

「中井君」と、同期の名を呼びながら搭乗員室のドアを開けると、部屋は人や物でごったがえしている。

「中井兵曹は亡くなりました」

なんということだ。ただ茫然として返す言葉もなかった。彼は、数名の搭乗員と共に艦橋のトップに上がり、見張りを兼ね敵機の攻撃法を研究していた。そこへ、敵の急降下爆撃機の直撃弾を受け散華したとのことで、肉片すら残っていなかった。

白木の箱に彼の軍帽を入れ、位牌とともに安置した。

彼とは予科練以来の仲で、鈴鹿、博多、舞鶴、十二特根（インド洋）と行動を共にした。十七年夏、ミッドウエー海戦を終えたばかりの第八戦隊へ転勤を命ぜられた。中井君は二番艦「筑摩」へ、私は一番艦「利根」へ、それぞれ乗艦したのである。

艦隊の基地訓練では顔を合わせることもあり、よく飲みにも行った。彼は酔うほどに得意な「ダンチョネ節」が飛び出し、時にはしんみりと母の話をすることもあった。母一人子一人の家庭だった。さぞ無念であったろう。冥福を祈った。

後日、この海戦は「南太平洋海戦」と命名された。この戦いで、甲飛五期生には十一名の戦死者があった。

〈戦死者〉

前野　宏　　北村一郎　　篠田博信　　板谷敏見　　本多芳丸

星野精一　　中尾哲夫　　木村治雄　　片岡芳春　　山野井啓

以上十名が攻撃で自爆している。中井恭哉も帰らぬ一人となってしまった。

一人ひとりの飛行服姿が目に浮かぶ。彼らの死を無駄にしてはならぬと、堅く心に誓った。

二式艦上偵察機。水偵で飛行中に本機とすれ違った著者は一目でとりこになった

昭和18年1月3日、トラック島停泊中の「利根」を訪ねてきた戦艦「金剛」乗り組みの同期生・有木利夫

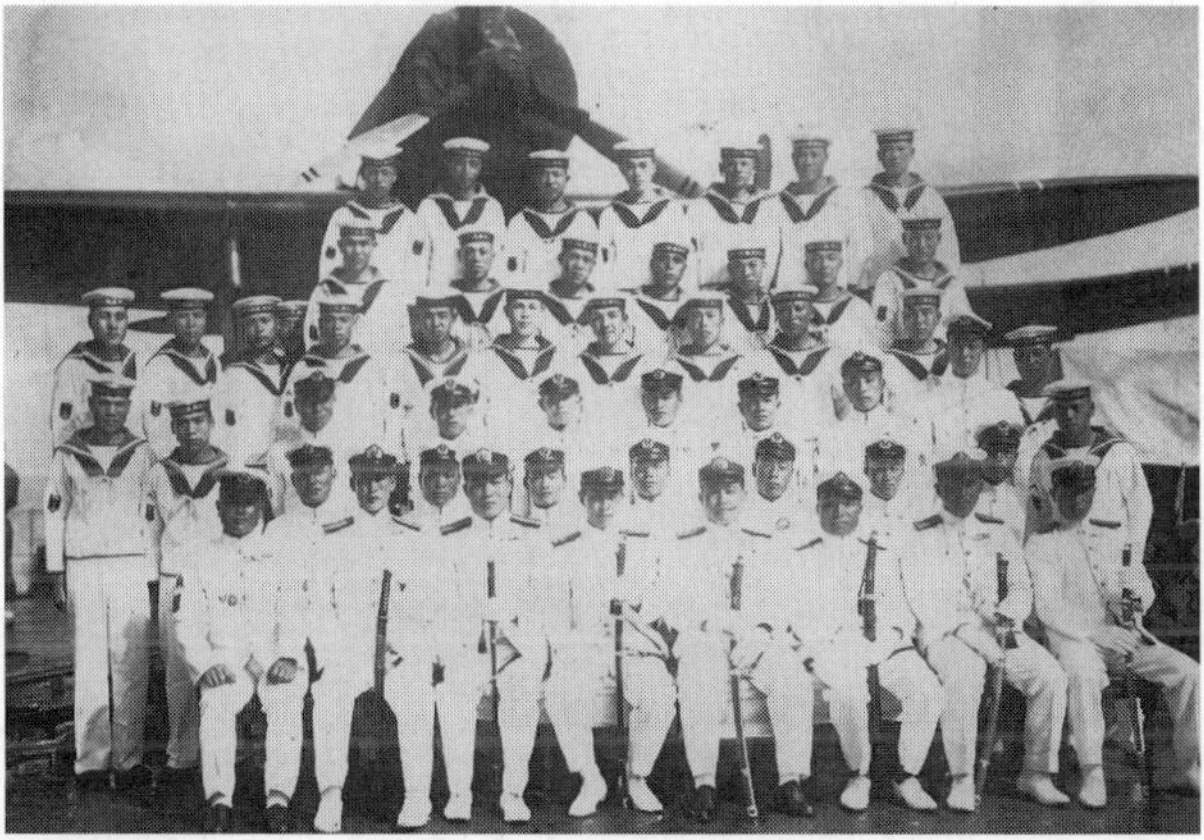

昭和18年1月3日の「利根」飛行科。最前列右から吉成、鐙水源一、大下、飛行長武田春雄大尉、大野、若山、古沢関夫飛曹長、高野。2列目右から陶三郎、軽部哲夫、甘利洋司、田中信太郎、著者、1人おいて山口。3列目右から清水、1人おいて大貫、1人おいて岡田。5列目左端が実近

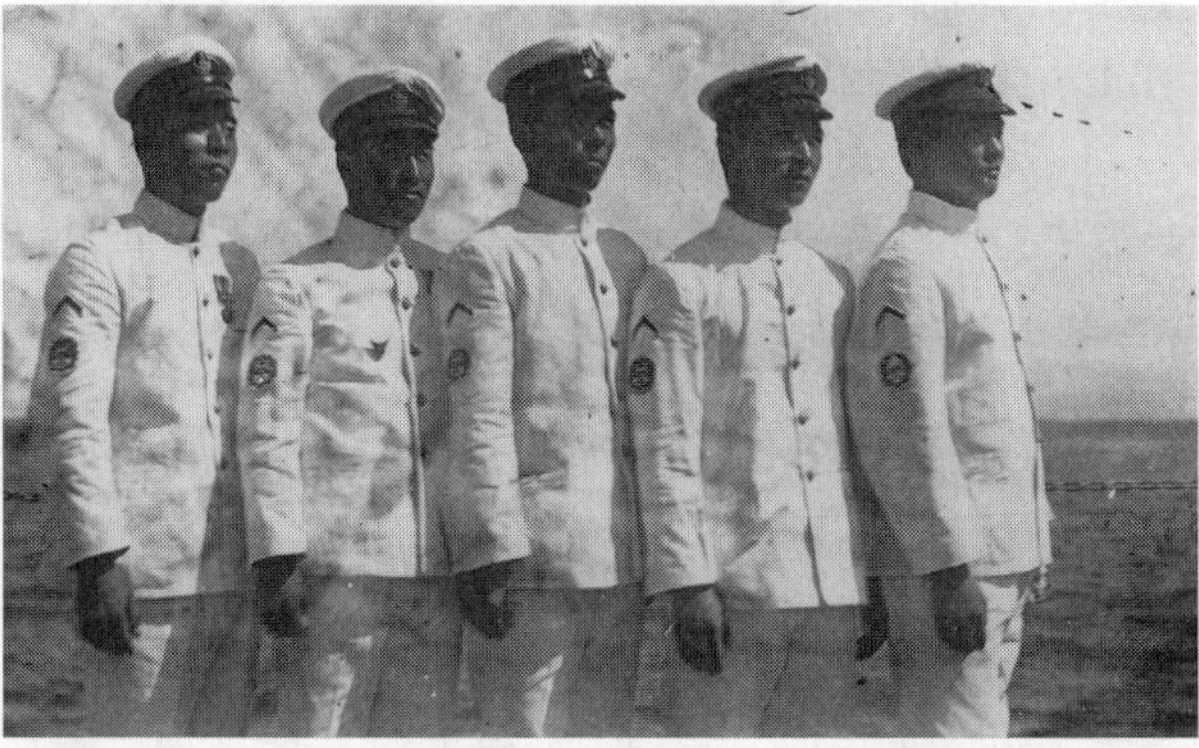

上写真と同日の「利根」乗り組み甲飛出身搭乗員。右から著者（一飛曹、5期）、清水（4期）、田中信太郎（3期）、軽部哲夫（2期）、甘利洋司（2期）の各上飛曹

二式艦上偵察機との出会い

昭和十七年十一月、南太平洋海戦を戦った「利根」は、カロリン諸島のトラック島に入港していた。

出撃前のテスト飛行中の時だった。私の乗る零式水偵と猛スピードで反航した飛行機があった。

「あの飛行機は……」と、私は思わず叫んだ。

確かに日の丸を付けているが、頭のとんがった、翼の薄い、初めて見る飛行機だ。偵察員で機長の古沢飛曹長が、なだめるような調子で、

「あれはなー、『二式艦上偵察機』略して『艦偵』てんだ。空母に搭載してるんだ。よーく見ておけ」と、教えてくれた。

「乗りたいですね」

その時、操縦員の陶一飛曹から横槍がはいった。

「三公、なに言ってんだ。艦偵は二座機だぞ、艦偵に乗るにゃあうんと勉強して、航法も電信も上手にならんと駄目だ。お前はまだ三座の電信員だぞ、まだはやいな」

「ハーイ」

私は、この時から「二式艦偵」のとりこになって、よーし、何時か必ず乗ってやる、と心に決めた。

艦に帰ってからも、「艦偵」の話でもちきりだった。

「最高スピード二百七十ノットは出るってよ。航続距離二千五百浬か、すごいなー」

「液冷エンジンってかっこいいな。もう、下駄ばきの水偵じゃ遅くて駄目だな」

「急降下爆撃もできるようになるらしいぞ、五百キロ爆弾だいてさ。鬼に金棒ってやつだな」

「それに、高度一万メートルから写真撮影もできるそうだ。高高度偵察ってやつだ」

日焼けした顔が車座になって、食事の用意を忘れるところだった。

その時はまだ「艦偵」の正確な性能は分からなかった。たが、私の気持はすでに高度一万メートルをはるかに越えていて、明日の命も分からない身だが、乗ってみるのに十分に価値のある飛行機だと思っていた。

＊二式艦上偵察機――海軍航空技術廠で十三試艦上爆撃機として開発されたが、昭和十七年十月に、いったん偵察機として採用された機体。試作機がミッドウエー海戦で初陣を飾っている。十八年に改良型が艦爆「彗星」として制式化された。最大速力約五百七十キロ／時（零式水偵は約三百七十キロ／時）。その後、液冷エンジンを空冷に換装、大戦末期には特攻機にも使用されている。

第三章　偵察特練

特修科偵察術練習生へ

昭和十八年七月二十三日、八戦隊旗艦「利根」は、ソロモン諸島ニューブリテン島のラバウルに入港していた。艦隊に乗り組んでちょうど一年がたっていた。

当時、日米双方は、ソロモン諸島の攻防に総力をあげ、航空撃滅戦を繰り広げていた。味方の攻撃機が昼夜の別なく離陸し、敵襲を迎え撃つ零戦隊も、火山灰を巻き上げながら先を競うように飛びたっていた。

私たち「利根」の搭乗員は、洋上索敵に備え、空襲の合間をぬって、艦載の零式水偵五機を海岸に運び、コンパスの自差測定を強行していた。飛行機はコンパスを頼って飛ぶが、特に洋上では一度の誤差も許されない。飛行中、太陽の方位を測定することによってコンパスの自差を知ることもできるが、磁力の影響が少ない海岸で、しかも安定した場所で測定するのが一番の方法だった。

艦内での夕食のとき、飛行長の峰松大尉が搭乗員室に来られた。

「田中兵曹、八月から偵察特練の二期生に行ってくれ」

「ハァー、特練ですか?」

私は、〝特練〟と聞いて耳を疑った。どうして、私ごときに。突然なことで返答に困った。

「艦長の推薦だ。行ってくれるな。すぐに電報を打つから」

食事中の先輩たちも、手を叩いて祝ってくれた。陶兵曹は、立ち上がって私の肩を叩き、

「三チャン、良かったなー。艦長の直々の推薦とは大変なことなんだぞ。これで『艦偵』も夢じゃないぞ、しっかりやってくれ。もうすぐだな、でも、別れるのが寂しいよ」

「ありがとうございます。行ったら、しっかりやります」と、目頭が潤んだ。

その翌日、艦はトラック島へ向けラバウルを出港、二日後無事にトラック島に入港した。

私は即日退艦し、特設空母「冲鷹」に便乗、駆逐艦の護衛で内地へ向かった。

途中、敵潜水艦に二回ほど遭遇したが、八月二日、無事に横須賀へ入港、特練の入校に間に合うことができた。飛行訓練は、横須賀・木更津の両航空隊で行なわれる。水上機から高速の偵察機「艦偵」に乗り換えるチャンスと、私は覚悟を新たにした。

＊特練――日本海軍は教育熱心なところで、下士官・兵のそれぞれの職種に普通科、高等科があり、職種によっては、さらに大任を果たしうる能力をつけさせるため、実戦経験者から選抜する特修科練習生課程があった(略して〇〇特練という)。航空機搭乗員には、爆撃・通信・偵察の三つの特練があった。ミッドウエー海戦の反省から偵察を重視し、この偵察特練が実現し

たと聞いている。一年の教育期間を六ヵ月に短縮し、昼夜の厳しい反復訓練が行なわれた。

海軍の期待に応えよ

八月に入り、各地の部隊から実戦経験の兵が横須賀航空隊へ到着した。その数二十一名。荷物を解く余裕もなく入校式があり、教官の紹介と教育内容・心得が伝達され、教育が開始された。第十一期特修科飛行術（偵察専修）練習生（偵察特練二期生）である。

訓練場所は、最初の一ヵ月間は横須賀航空隊で、以後は木更津航空隊で実施する。教育期間は、一年のところを半年に短縮されたが教育内容は変わらない。

分隊長三沢大尉から、「油断せず、自主的に研鑽し、海軍の期待に応えるよう努力してもらいたい」との訓示があった。

練習生はそれぞれ年齢、兵歴、階級、飛行経験は異なるが、海軍式の礼儀こそあれ、同じ偵察員の仲間としてスタートラインにたった。

初日の天測理論の座学は、球面三角から始まり「明日までに公式が解けるように」と、黒板の全面に公式が書かれた。これには参った。

「これから君たちが使用する天測表の多くの数値は、東京の多くの女学生の奉仕によって計算されたものであって、この公式を使っている」と聞かされ、硬軟取り混ぜた心境であった。

翌日の試験は、総員が合格点だった。難問を出題した教官の真意のほどはさておき、仲間の団結はますます堅く、一名の落伍者も出さぬ意気込みであった。

訓練機は、九七式艦上攻撃機が主で、九六式・一式陸上攻撃機や陸上偵察機も使用した。どこの部隊へ転属になっても任務につけるように配慮したものであろう。

訓練内容は、艦型識別（米・英・日の空母、戦艦、巡洋艦の識別）、天測航法、洋上遠距離航法、高高度局地偵察、写真偵察、無線、実体双眼鏡（六十パーセントの重複度で撮影した二枚の垂直写真を使って映像を立体的に見る器具）を使った写真判読などであり、実戦さながらの訓練が昼夜の別なく繰り広げられた。練習生といえども歴戦の兵《つわもの》たちであり、いつでも戦う気構えでいた。

一回だけだったが、「米機動部隊が小笠原諸島方面へ接近中」との情報を受け、各部隊に出動命令を受けたことがあった。訓練機とはいえ立派な九七式艦上攻撃機、実用機だ。

練習生は偵察員・電信員として乗り組み、横須賀基地へ飛び、魚雷を搭載して三機編隊で敵に向けて飛び立った。大島を過ぎたころ基地から「攻撃中止、引き返せ」の無電が入った（敵が撤退したため、攻撃は行なわれなかった）。

実戦さながらの訓練

［艦型識別］は、影絵や模型を使って行なわれた。地上に並べた模型をビルの屋上から肉眼や双眼鏡を使って識別したり、横からも識別していた。影絵は一枚ずつ確認し、たがいに競い合った。一服しながらでも実施できるので、英語の単語でも覚えるような感覚だった。

［天測航法］は、太陽や星の高度を測るが、計算法はまず天測表の使用法を覚え、つぎに六《ろっ》

分儀《ぶんぎ》の取り扱い訓練に入った。

気流の関係で飛行中の測定は至難の技である。まず地上で、寝た姿勢で訓練し、次は座った姿勢で、立って、片足立ち、遊動円木に乗って、ぶらんこに乗って、と自主的に反復訓練をしていた。機上訓練には常に六分儀を携行し、地上で晴天の夜は競うようにして星座を覚えた。一等星を覚えるのに次のような文句を考えた。

さそり座「さそりの首は貴女です…アンタレス」

オリオン座の周囲「オリオンのレッドとブルーは反対で…リジュエルとベテルギュース」「三星を東に伸ばしてシリがあり…シリウス」「赤、青をばらんと跨いで…アルデバラン」「左回りに…キャペラ、カストル、プロション」

天測は、正確に測っても時計が四秒違っておれば一浬の誤差を生じ、逆に測定位置さえ正確なら時計整合も可能である。機位を求めるだけでなく、天体の方位を計算しコンパスの自差測定にも常に利用していた。

太陽の高度を測定し、例えば三十度あれば、天測表から計算し、太陽を中心に三十度で測定できる位置の線が描けるが、線が一本では正確な位置は出ない。もう一本、岬なり山頂の方位を測定できれば、その二本の位置の線を交差させることで位置が出せる。夜間に星を測れば三本の位置の線を求めることもでき正確である。

[洋上遠距離航法] 海軍では常に洋上での航法であって、飛行高度における正確な風向風速を測定することが基本である。飛行時間と燃料の関係で普段の訓練は百浬程度の進出で測

風・天測・写真・電信を主に実施していた。

［高高度局地偵察］は、飛行高度八千メートル以上で、目標は横須賀軍港とした。使用機は小型の二人乗りの陸上偵察機である。私は酸素を吸いながらの一万メートルの高高度飛行は初めてで、箱庭のような別世界の眺めに、地球から離れていくように感じて恐怖すら覚えた。軍港に近づくにつれ目標も確認できるようになり、肉眼と双眼鏡を使って識別し、見取り図上に艦位をくまなく記入し、その成果を暗号文で打電する。仮想敵機役の零戦も現われて

気泡六分儀を使って天測訓練を行なう偵察員

実戦さながらの気分も味わい、付近の天候を知らせながら帰投した。高高度での耳と気圧の関係や酸素の重要性を知ったことは貴重な経験であった。

さて、この高高度局地偵察訓練でのことである。帰投後、指揮官に対して報告するときに、誤って戦艦の隻数を一隻多く報告してしまった。聞き捨てならじと採点用紙を手にした三人の教官たちの目は輝いた。減点は覚悟のうえだ。一隻ずつ艦名を報告しながら考え、最後の一隻になった瞬間、ある軍艦の名が浮かんだ。よし、とばかり力んで「三笠」と付け加えた。「おー」と、どよめきがおきた。私の顔には汗が流れていた。「三笠」は日本海海戦の時の旗艦で、陸に揚がって記念艦になっていた。

この時の採点で「三笠」がプラスに作用したかマイナスになったかは知らないが、大きな話題になったことはたしかだった。

[写真偵察]は、目標を伊豆大島とし、使用カメラと垂直写真の撮影縮尺の指示があって、撮影カメラ、コース、撮影高度、写真の重複度、撮影枚数などの計画はすべて任された。撮影後の現像処理については兵器員の支援を受け、できあがった写真の判読は各人が行なった。写真モザイクで大島の写真地図を作成し、実体双眼鏡を使って火口の深さや港の船のマストの高さを測定することも経験できた。

[無線]は、総員の技術はすでに確かなものであったが、送信、受信、暗号電文の作成はもちろんのこと、気象電報を受信して天気図を作成し、予報を提出するところまで実施した。時には爆撃特修科の一式陸攻に同乗しての訓練もしたが、その操縦の技量は素晴らしく特

に爆撃針路に進入するときの爆撃手と操縦員との連携操作や針路の保持には感服した。このことは、連続垂直写真撮影時に大変参考になった。

卒業前の総合試験

卒業を控え、偵察術のすべてを駆使した総合試験が行なわれた。九七艦攻（三座）を使用し、操縦は教官、偵察・電信は練習生で、内容は遠距離航法、局地偵察、電信、写真撮影、艦型識別などだった。

飛行コースは、房総半島野島崎を発動、南西方向に飛び伊豆諸島の指定された小島を偵察しながら洋上を約百五十浬進出する。

教官が時間を見計らって、到達地点九州南端の佐多岬灯台に向かうよう指示される。飛行高度は約二千メートル、約四百浬先の目標へ向け索敵行動に移る。沿岸まで五十浬以上、目標は視界内にない。飛行中は船舶の発見に努め、指示により接近し写真を撮影、不規則な運動も行なわれる。

その間、天測はもちろん、精密な推測航法が続く。電信は基地と常に連絡をとり、教官より指示された内容を打電する。佐多岬到達の二十分前頃に、飛行機の針路と予定到達時刻を教官に知らせる。以後はとくべつな気象の変化がない限り針路・到達時刻の変更はできない。

到達予定時刻に垂直写真を撮影し、航法誤差を計るという厳しいものだった。灯台が写っていた者は少なかったが、みんな好成績だった。操縦の教官の腕は素晴らしかった。

鹿屋基地での一泊は久しぶりの友にも会え、思わぬニュースに花が咲いた。

その日、めずらしく陸軍の飛行隊が訓練のため鹿屋基地に来ていて、早速われわれの訓練を見学に来た。指揮官同士の挨拶のあと「これが海軍の洋上航法のやり方です」と、私の航空図板を示して説明された。

その日、私は海軍の空中航法について陸軍に説明するよう指示を受け、講義した。陸軍の航法は地文航法であって、洋上に出たり、目標のないところを飛ぶことはほとんどないとのことだった。これに比べ、海軍は洋上での行動が多く、飛行高度の風向風速を測定し、目的地点への飛行針路と飛行の実際の速力を計算しながら飛行を続ける。これを理解してもらうため、黒板に作図しながら話をすすめた。天測航法もまじえての二時間ほどだったが、理解してもらえた。

その時、「陸海軍曹長殿」と大声で夜食を高々と捧げて運んできたのには驚いた。陸さんからは、ずいぶんと勉強になったと感謝されたが、自分は海軍で良かったとつくづく思った。

帰りは、北九州の下関や瀬戸内海の港を目標に、雲中突破の強行局地偵察などを実施し、少しの無駄も許されない訓練であった。後日、偵察と電信を交代して行なわれ、修業の締め括りは小論文の提出だった。内容は自由だったが、予想外のことで一同大変だったと思う。

私は、航法で最も大切な測風法を選んだ。目視による白波の測定に始まり、偏流測定器による超低空から高高度までのあらゆる状況における測定法を提出した。

息のつまるような量の教育内容だったが、技術的に得たものが多かった。教育期間中に何度も外出許可があったが、洗濯など身の回りの整理もあり、とても外出する気にはなれなかった。それは決して卒業成績にこだわってのことではなく、ただ、これから自分に課せられるであろう任務を完遂するためであった。どのような命令があろうと、恐れるものはないという自信がついた。

教育期間中に軍艦「利根」の搭乗員だった甘利洋司飛曹長に偶然に出会い、私の退艦後の様子を知った。艦隊一年以上の者は転勤になり、夜間戦闘機にも四名行ったとのことだった。鑓水飛曹長、甘利飛曹長、陶上飛曹、岡田保上飛曹と懐かしい方ばかりだった。私もすぐにでも夜戦隊に転勤したい気持だった。夜戦隊での彼等の素晴らしい活躍と運命は、この時点では誰も分かっていなかっただろう。

教育期間も半ばを過ぎたころ、思わぬ出来事があった。それは、交代されたばかりの分隊長足立義郎大尉から突然、「誕生日おめでとう」と、言われたことである。すっかり忘れていた。部下の身上を把握しておられることに驚き、部下指導の神髄を教わった思いがした。ありがたいことである。その日に、私は満二十歳になった。

待望の「艦偵」へ

夏から秋・冬と、偵察特練課程の六ヵ月はアッという間にすぎた。

「ラバウルへ行ったら、三日と命はもたんぞ」

戦時中とはいえ、まことに物騒な話だ。偵察特練（二期生）の修業式を明日に控えて、配属先の発表を待つ緊張したひととき、私たちはそんなことばを交わしていた。

半年前、先輩一期生の三名がラバウル基地の一五一航空隊へ配属となり、一ヵ月たたないうちに全員戦死している。激戦のラバウルだけは避けたいと願うのも本音であった。

一同の沈黙のなか、氏名と配属先が読み上げられた。

「田中兵曹、福富兵曹の両名は、一五一航空隊」

「よー」と、どよめきがおこった。

「一五一空へは『二式艦偵』を空輸して行くので、横須賀基地にて準備にかかること」

私は、一五一空と決まった瞬間、これも運命とあきらめた。でも「艦偵」に乗れると知って勇気百倍、新しい機種への好奇心と宿願のかなった喜びで胸がさわいだ。

配属先は、艦隊あり陸上部隊あり、全員が一線部隊だった。噂によると、それは最終の総合成績順で決まったとか。苦肉の策と言えなくもない。

誰の顔にも、苦しかった日々もようやく終わった、という安堵の色が見える。そして、戦地のことや訓練の思い出に花が咲いた。

その夜は、一同打ち揃って木更津の街へと繰り出し、修業の祝いと武運を祈念した宴をもうけた。酔うほどに、肩をくみ、歌い、「やるぞ……」と、かたく誓いあった。

貴様とおれとは同期の桜
同じ航空隊の庭に咲く

昭和19年2月29日、6ヵ月の訓練を終え木更津航空隊で修業を迎えた第11期
特修科飛行術(偵察専修)練習生21名と教官・教員ら。最後列右端が著者

特修科練習生時代の著者。階級は上
等飛行兵曹（上飛曹）
昭和19年1月

咲いた花なら散るのは覚悟
　みごと散りましょ国のため
貴様とおれとは同期の桜
　別れ別れに散ろうとも
花の都の靖国神社
　庭の梢に咲いて会おうよ

昭和十九年二月二十九日、われわれ二十一名は一名の落伍者もなく修業式の日を迎えた。

「急いで死ぬんじゃないぞ、頑張れよ、元気でな」

「俺より先にあの世へ行くんじゃないぞ」

今生の別れか、死を意識しての激励のやりとりだった(偵察特練は、一期・二期の二クラスで終わりだった。終戦時、一期生は一名、二期生は三名が生き残った)。

私は、その日のうちに木更津基地から横須賀基地へ飛び、「艦偵」二機の整備と空輸の準備にかかった。

半年前、私を送り出してくれた軍艦「利根」の艦長や搭乗員たちへ、無事に修業したことを知らせたかった。そして、待望の二式艦上偵察機に配属されたことも。

「艦偵」空輸

昭和十九年二月二十九日、木更津基地から訓練機に同乗した私は、その日の修業式の興奮を心に残したまま、東京湾をひとまたぎ、横須賀基地の滑走路に降り立った。横須賀航空隊（横空）は、新型機の実験や戦地へ空輸する飛行機の整備で活気づいている。折よく、一五一空の分隊長（立川惣之助大尉）が空輸のため帰国していた。早速その指揮下にはいった。

着任の挨拶もそこそこに、格納庫へ急いだ。「艦偵」との対面である。軽く叩いた胴体の感触に、早くも大空を舞う勇姿を想像していた。「艦偵」に憧れて一年余、今、その光栄を手中に収めようとしている。思い続けた人と結ばれる時の気持もこんなものかもしれない、と悦にいっていた。

翌朝、「艦偵」の試飛行を行なった。操縦員は、空輸の時のペア青木（二三）一飛曹。初めて乗った座席は思ったよりも狭く、兵器で埋まっているといった感じだった。快音を残して離陸。さすがに速い。霞ヶ浦航空隊で初めて空に舞い上がった時のような感激だった。上昇、降下、旋回、急降下、失速とテストが続く。エンジンの油圧系統に不具合箇所はあったが、偵察機の要ともいえる自動式航空カメラや無線機は正常に作動してくれ、まずまずの成果であった。試飛行中は常に、乗員の鋭い観察力が要求され、欠陥を見付けるだけでなく、その原因の探求に努めねばならない。

相模湾上空の三十分ほどの飛行だったが、その運動の軽快さにすっかり気を良くした。この分だと、たとえ敵の戦闘機とわたり合っても、やり方によっては五分に戦えるという自信もつき「よし、死ぬのはこれだ」と、強く心に決めた。

私たちは、内地での残り少ない日を惜しんで遊び回るような派手なこともなく、ただ黙々と整備に打ち込んだ。でも一度、上京する機会をえて親戚を訪ね、戦地や銃後の様子を語り合い、たがいの無事を祈って楽しいひと時を過ごすことができた。

この年は、もう三月だというのに、関東地方は大雪に見舞われた。このため、テスト飛行も遅れがち、二機の空輸準備が完了したのは三月十九日だった。

出発を明日にひかえ、列線に並んだ二機の「艦偵」には、落下増槽（飛行中に投棄できる燃料タンク）が両翼に一個ずつ付けられ、搭載物件の最終点検が始まった。特に敵局地の高々度偵察に備えて、酸素吸入装置、垂直撮影用自動航空カメラ（焦点距離五十粍）が搭載された。通常の兵器としては、無線機（空二号）、偏流測定器、固定機銃、旋回機銃、弾倉、六分儀、天測表、信号拳銃、双眼鏡、携帯用拳銃、救命筏、落下傘、方向探知機、航法目標弾、航法目標灯、救急箱、暗号書、地図、航法図板、航法用具等があり、それに弁当、水、私物の衣類など、小さい二座機によくこんなに積めるものだと感心するほどだった。その他に、前線宛ての重要書類や手紙もかなりある。硫黄島への手土産に真水（一升ビンで二本）を準備することも忘れなかった。

目指すはラバウル。航空図をひろげ、二度と飛ぶことのない門出のコースをひき終えた。

中継基地硫黄島

第一次空輸隊は、一番機（操縦・立川大尉、偵察・西村飛曹長）、二番機（操縦・青木一飛曹、偵察・田中上飛曹）と決まり、特偵同期の福富上飛曹は第二次空輸隊として残ることになった。

ルートは、硫黄島、テニアン島、トラック島を経由し、ソロモン諸島ニューブリテン島のラバウル基地まで、二千六百浬の長旅である（その時分、一五一空はラバウルからトラック島への移動を計画されていた）。

情報によると、二月十七、十八の両日、トラック島は、敵艦載機の来襲によってかなりの被害が出ている模様である。

三月二十日、大勢の見送りの中を一番機に続いて離陸した。

伊豆大島を通過した頃だった。一番機からエンジン不調の知らせがあり「二番機も引き返せ」との合図が来た。やむなく空輸を中止し、二機とも引き返す。

翌二十一日、中継基地硫黄島へ向け再び内地を後にした。後方はるか雪をかぶる富士山を眺め「こんどこそは見納めか」と覚悟はしたが、出陣の回数を重ねてくると、戦場へ赴くという緊張感よりも日本の自然への思いのほうが強かった。

硫黄島は、伊豆大島から一七〇度六百浬、順調に飛べば約三時間の航程だ。このコースは島が多く、天候さえ良ければ八丈島や鳥島はもちろん、左手はるか、父島を視野に入れることも可能であり、昼間の飛行なら比較的容易である。だが、戦時では敵に対しての警戒、特に潜水艦には気を許すわけにはいかない。船の航跡や海上の浮遊物のひとつにも神経を尖らせ、情報として価値あるものはすべて地図に記入していた。

ここで、空中航法について少しふれておこう。船なら航海術のことである。船は潮流の影響を受け、飛行機は風の影響を受けるという違いはあるが、いずれも予定のコースを安全にしかも経済的に運行し、所要の地点に到達させることである。

空中航法の基本は、出発点の位置・時刻、飛行の針路・速力、風向・風速等によって飛行機の航跡を推定することである。刻々に変化する風を測定しながら針路や到達予定時刻を計算し、航法の目的を達成するのである。これを推測航法という。

推測航法による機位は、あくまでも推測の位置であって、機位だけを求める手段として地文・天文・電波等の補助航法手段がある。しかし、洋上でしかも戦時では、これらの補助手段を利用できることはまれで、つねに推測航法が主流である。

地図の経度線は、地球の極点を基準にしているが、コンパスは磁北が基準である。この差を偏差といい、横須賀で六度W、グアム島で二度E、ミッドウエー島で十度E、横須賀とミッドウエーでは十六度の差がある。長距離を飛ぶときは注意を要する。

飛行中は、機首方向に対して風下に何度か流される。この角度を偏流角という。二ないし三方向の偏流角を測定するか、実際の速力と一偏流の測定で、風が求められる。

横須賀を離陸して三十分、早くも三宅島を通過した。一番機とは開距離の編隊を組み、一面に浮かぶちぎれ雲の下を順調に飛び続けた。

やがて八丈島にかかり、さらに一歩危険海域に入った感じだったが、江戸時代の流人の歴史や、富士火山帯を学んだ小学校時代を懐かしむ余裕もあった。艦艇なら、冬服から夏服・防暑服に着替えるコースだが、さすがに飛行機は速い。

さらに一時間、将棋の駒を立てたような孀婦岩《ソーフ》の威容に出会い、航程の半ばを知る。海の色も黒から青に変わってきたことを感じた。

海上には、いくすじもの薄く光る航跡は認められるが、取り上げるような敵情はなく、十五分ごとの機位を地図上に記入していく。まことに快適な飛行だ。

水平線にポツリと標高八百メートルの北硫黄島の頂が見えてきた。目的地に近くなって、風防から吹き込む風もここちよく、気のせいか微かに硫黄の臭いがしだした。

予定どおり硫黄島に到着、すり鉢山を眺めながら一番機に続いて着陸体勢にはいる。むっと熱気と硫黄の臭いが機内にとびこむ。まだ寒い横須賀から、いっきに緯度にして十度も南下したので、地上に下り立ったときは蒸し風呂に入っているみたいだった。

硫黄島は、南方への飛行機の中継基地だけあって、いろいろな機種をあつかうため、優秀な整備員が配置されている。

その夜は、パネル造りの小屋で蚊帳を借りて寝ることになった。基地の連中は、内地からの最高のお土産に喉を潤していた。

テニアンからトラックへ

一夜明けて三月二十二日、味噌汁とご飯の朝食をすませ、一息いれて硫黄島を飛び立った。目指すテニアン島は、硫黄島から一五七度六百四十浬にある。

天候は曇り、視界も悪く雲の下を飛び続けた。離陸して二時間、天測のため雲の切れ目から雲上に出てみた。真上の太陽は目を覆いたくなるほどだった。

天測を終え視線を下げたとき、雲の上に七色の輝きを見た。

「よー青木兵曹、下を見ろ、まん丸い虹だ」――丸い虹の下には財宝があるという。

「こりゃ縁起がいいぞ」と、弾んだ声がかえってきた。

虹は、その中心に飛行機の影を乗せたままついてくる。しばし童心に返って眺めた。

伊豆諸島あたりには漁船もかなり見えたが、この辺りは、戦火のためかまったくお目にかからない。やがて、テニアン島の七十浬手前のアナタハン島が左に見え、ほどなく、サイパン、テニアンの二つの島が前方に現われる。

上空から見るテニアン島は、南国特有の椰子林でおおわれ、海は一段と青く目にしみ、地上の楽園のようだ。しかし、着陸して驚いた。爆弾の穴、焼けた飛行機、破壊された建物、いよいよ前線に来たな、という感じだった。

飛行場には、夜間戦闘機（月光）、攻撃機（天山）、戦闘機（零戦）が翼を休め、敵とあいまみえる虎の子の決戦部隊がすでにテニアン基地に進出していた。その堂々たる威容に意を強くした。そして、陣容を立て直すため、一五一空はすでにラバウルを引き揚げ、トラック島に移動していることも知った。

テニアン島に着いた翌日、翌々日と、一番機のエンジンの整備にてまどり、発つことはできなかった。二番機だけでもと願い出たが許可されない。おそらくトラック島への敵艦載機の空襲が激しく、空輸途中の二式艦偵の大事をとってのことだったろう。この間にも七五五空の偵察機（艦偵）は、敵襲の合間をぬって索敵に飛び立っていった。

昼間は敵の艦載機の爆弾と暑さのため生きた心地はないが、陽が沈むと急に冷気を感じ、寝心地は悪くはなかった。でも、いつ敵が襲ってくるか不安な状況のなかで、目的地に行かれぬほどもどかしいものはない。

二十五日になってようやく、トラック島から「出発せよ」と知らせてきた。

明けて二十六日、二機そろってテニアン島をあとにした。

一三〇度五百五十浬、目指すはトラック島だ。視界は良いが雲がとび、海面にはまばらながら白波が立って、敵艦艇への見張りによけいな神経をつかった。また、敵機との遭遇も十分に考えられたが、行くてははるかの水平線上に国籍不明の飛行艇一機を見たほか、何事もなく時間は過ぎた。

コース上の視界はいいが、ときおり南方特有のスコールに行く手を遮られ、迂回しながら飛び続けた。

「敵潜水艦を攻撃した時もこんな日だったな」と、一年前の「利根」時代をふりかえる。

前方はるか、トラック島の頂が見えてきた。「いよいよ来たぞ」接近するにつれ、直径八十キロの広大な珊瑚の環礁（リーフ）が、黄色味をおびてその輪郭を現わしてきた。八ヵ月振りに見たトラック島の内海は、入港中の船もなくガランとした感じだった。敵機を警戒しながら、スコールが通過したばかりの春島第二基地へ飛沫を上げながら着陸した。初めて見るこの基地は、爆撃の跡も生々しく、丘を削って作った滑走路はすぐ波打ち際だった。

指揮所前で、一五一空司令の中村（子之助）中佐や平久江特務少尉、白鳥飛曹長等の隊員一同の出迎えを受け、無事に空輸任務の報告を終えることができた。

当初の目的地だったラバウルへの空輸は、トラック島で打ち切りになった。

私の搭乗した二式艦偵は、千八百六十浬の長旅を故障ひとつなくよく飛び続けてくれた。同乗の青木兵曹と尖った艦偵の鼻面を撫でながら、ここ四、五日のできごとを思い返していた。

第四章　トラックの一五一空

戦雲ただようトラック島

トラック島（春島）へ着任した翌日、私は、甲板下士官の案内で島内を回った。

トラック諸島は大小約四十の島からなっており、それぞれの島の名前は、春、夏、秋、冬の四季をはじめ、月、火……日の七曜の他、楓《かえで》、芙蓉などの植物の名もとってある。これらの島を囲むようにして、直径八十キロの環礁があり、環礁内への船の出入りには北と南の狭い水道があるだけで、天然の要港である。

海岸から少し入った椰子林の小道に「許可なく椰子やパンの木の実を採ることを禁ず」と、立て札があった。それらが島民の大切な食糧であってみれば当然なことである。

海上には、大型輸送船「図南丸」が横倒れになって赤腹を見せており、マストだけを海面に出した船も数隻あって、沈没船もかなりあるらしかった。

バラック建ての食糧倉庫や宿舎は、ほとんどが全壊または半壊し、弾痕も生々しく見る影もない。肝心の滑走路は、応急修理をされていて飛行機の離着陸には支障はない。だが、両側には爆弾の穴が点々とあって、水が溜まり、被害は想像以上だった。

第二飛行場の近くには、山肌をえぐった防空壕が各所にあって、飛行機の掩体壕の突貫工事が行なわれていた。春島に配属されている青シャツの設営隊に島民が加わって、炎天下にキラッキラッと光るつるはしやブルドーザの響きには力強さを感じた。

十九年二月十七、十八日の米艦載機による空襲は、ハワイ空襲の仇討ちかとも思われる凄まじさで、第一波の攻撃で竹島飛行場は火の海と化し、飛行場のある春島、楓島も被害が大きく、第二波で主に艦船がやられた、と指差しながら甲板下士官は戦闘の模様を語ってくれた。

今回の敵の空襲で、ラバウル方面へ補充する予定の飛行機を全部焼かれてしまったことは、これからの作戦に大きく影響することが予想され、その日の二百機ちかい損害には肝を冷やした。それにしても、日本の連合艦隊が、二月十日に出港していて留守だったことは、敵にとっては無念であったろうが、わが方にとっては不幸中の幸いとしか言いようがない。

空襲の爪痕の中を、島民の女性たちが腰巻一枚でのんびりと投網や手網を使って魚をすくい、静かに移動して行く光景は平和そのもので、異様にすら見えた。

あの日以来、船団の入港はなく、補給はもっぱら潜水艦に頼っているようだ。

椰子の葉が潮風になびく内南洋の最大の海軍根拠地トラック島にも、ついに自給自足の波が押し寄せてきたか、という思いがしてならない。

トラック島防衛のため、ラバウル、テニアン方面から五機、六機と補充はしているが、望まれる数ではない。三月末ごろから、昼も夜も敵大型機の空襲を受けるようになり、トラック島は南方の最前線基地になった感じだった。

偵察一〇一飛行隊

昭和十八年、第一五一海軍航空隊は任務の重要性から航空艦隊直属となっていた。第二十五航空戦隊に所属して、ニューブリテン島のラバウル基地東飛行場に布陣し、二式艦偵と一〇〇式司偵を使ってガタルカナル方面の飛行偵察を連日行なっていた。片道六百浬、往復八時間の飛行である。

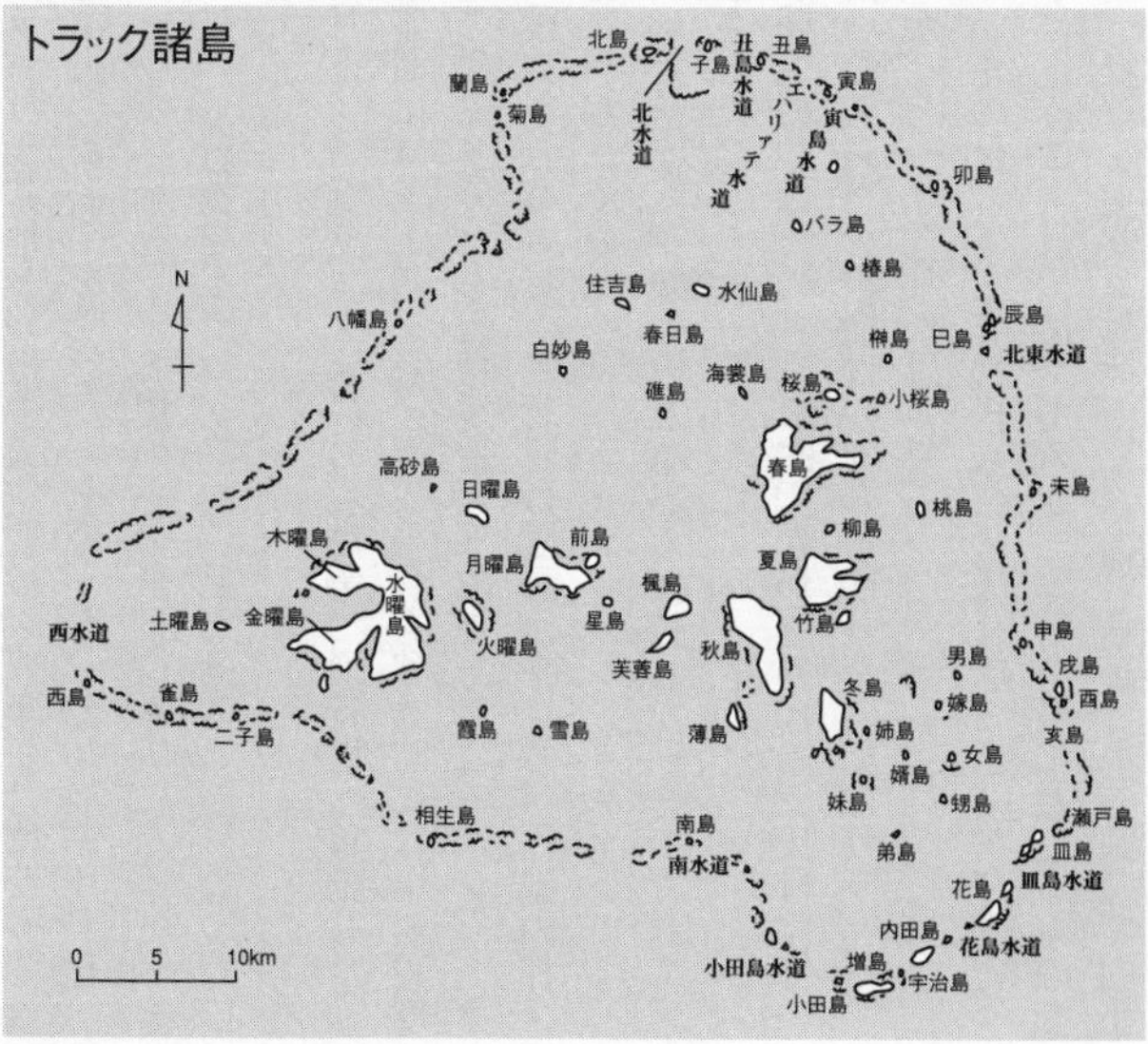

トラック諸島

十八年十二月二十三日から始まったラバウル基地への敵の大空襲は、翌年一月になっても止まず、このためラバウルの航空兵力は大きな痛手を受けた。そのうえ、十九年二月十七、十八日のトラック島への敵の空襲でラバウルへ補充予定の虎の子の飛行機も灰になってしまった。このため、ラバウルの水上機以外の飛行機をトラック島へ移動させることになったのである。

一五一空は戦局に対処するため、二月下旬、トラック諸島の春島第二飛行場へ移動した。司令は、中村子之助中佐。部隊の最盛期には三十名を数えた搭乗員も移動時には十名程度になり、艦上偵察機を数機保有して、こじんまりとした精鋭偵察部隊である。

一五一空には偵察第一〇一飛行隊が配置されていて、飛行隊は隊長が指揮し、作戦の都合により、身軽に基地を移動できる態勢におかれていた。

中村司令は、初対面の私を「待っていたぞ」と、親しみを感じる面持ちで迎えてくれて、戦況やこれからの私の任務について話された。

半年前、私が内地で見送った特偵一期生の「はまの、うらべ、かわさき」の三氏はすでに戦死してこの世になく、楽しみにしていた彼らとの再会はかなわなかった。やはりラバウルでは生延びることがむずかしかったのか、とやりきれぬ思いであった。

新着任の上等飛行兵曹の私を待っていたのは、下士官兵搭乗員の先任者としての任務だった。先任下士官の仕事は、士官の指示に従うことは当然であるが、隊務全般にわたるものである。飛行関係では、搭載兵器の整備、操縦・偵察（航法、艦型識別、無線等）の訓練。内務関係では、体育・衛生等の健康管理、衣食住のこと、日課の励行等がある。

作戦飛行に参加しながらのこれらの任務は、戦場における融和と部下指導のこつを私に授けてくれたような気がする。特に内務的なことについては、司令と直接に話す機会も多く、なにかと教えを請うようになった。

日々の暮らしの中で私は、指揮官中村中佐に兵法者としての剣客の強さと、部下思いの硬軟さを感じていた。

司令は、機会をとらえては戦国時代の例をひいて戦術を話された。

「天候の急変や敵との対決の中で、自分が逆境に立たされたなら、まず、その悪条件をどのように利用するかを考えよ。そして、敵の意表を衝け、必ずや成功する」と。

偵察部隊の任務は、密かに敵の状況を探し求めるものであって、敵大型機の編隊に対して空中爆弾攻撃をしかけたことも二、三回あったが、これは本来の任務ではない。

ここ、トラック島では、敵水上艦艇への哨戒が主で、状況により索敵・触接、敵局地の偵察も行なわれ、空中退避やテスト飛行は日課のようだった。これらの飛行作業には全隊員が一丸となってあたり、故障の多い虎の子の艦偵に整備員の苦労は大変なものだ。

四月に入って私の任務もようやく軌道にのり、内地から第二次空輸隊の福富上飛曹ら四名が到着、七五五空からは福井正上飛曹ら七名が着任し、基地は急に賑やかになった。

この頃から、ソロモン諸島のアドミラルティー基地からの敵大型機の空襲が頻繁になり、昼は零戦、夜は夜戦（月光）と、味方の奮戦ぶりも手にとるように観戦できた。また、敵艦

エンジンを整備中の一五一空の二式艦上偵察機（二式艦偵）

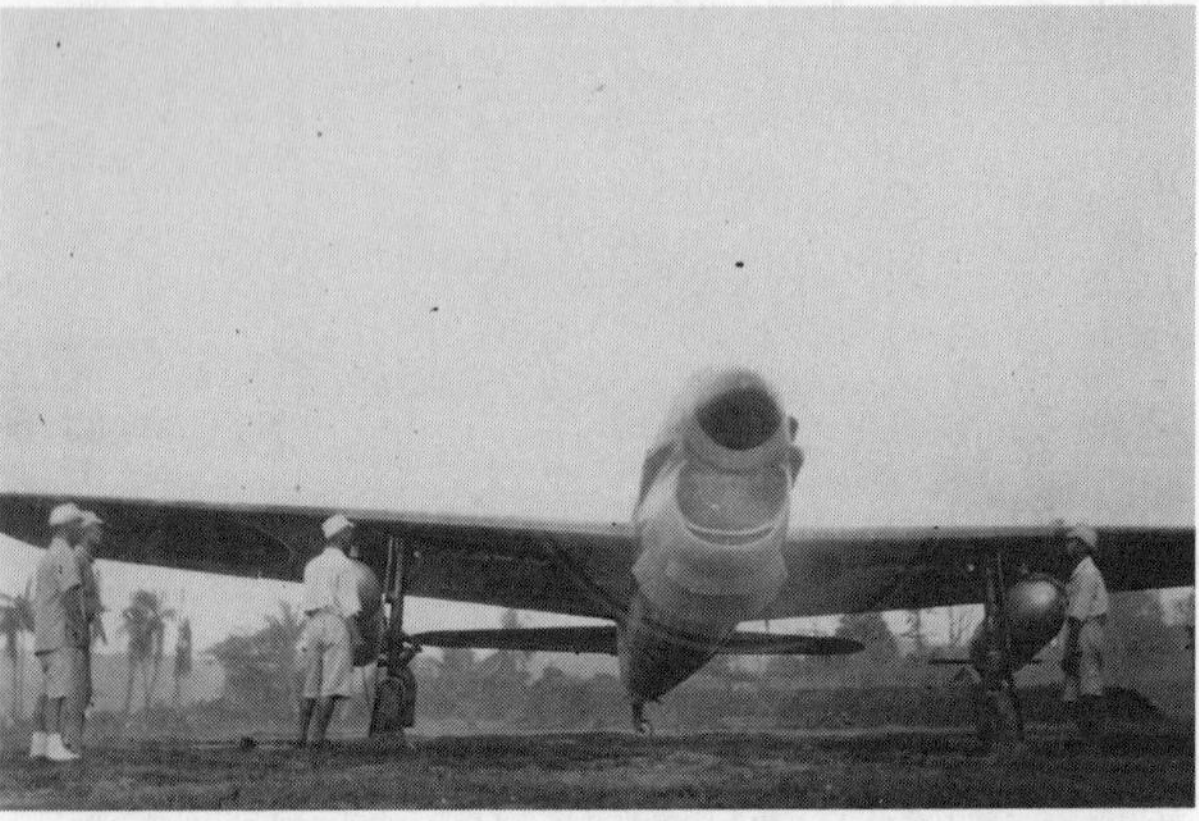

試運転中の一五一空の二式艦偵。同機は液冷エンジンを装備。92－93ページの写真は昭和18年ころ、ラバウルで一五一空整備・十河義郎大尉が撮影

ラバウルを出撃する一五一空の二式艦偵。両翼に330リットル増槽を装備

二式艦偵の列線の前で出撃を見送る一五一空の隊員たち

艇への偵察機の出番も次第に多くなってきた。

春島第二飛行場

春島には飛行場が二つあって、島の西側にあったのが第二飛行場である。ここは、小高い山が海にせまり、海岸を整地して八百メートルの滑走路が造られていた。もちろん環礁の内側なので、強風でもないかぎり波の打ち上げる心配はない。

滑走路周辺には、爆撃の跡が生々しく点在していたが、双発機でも発着可能だった。飛行場は細長い敷地で、その中間地点に、屋根をニッパ椰子でふいた粗末な指揮所とパネル造りの居住兼待機室があり、艦偵の掩体壕も二つ整備されていた。滑走路の両端には、飛行機の模型に偽装を施したおとり機がいくつかおいてあり、敵の目標になることを想像し、おかしくもあった。

海岸にせまる山腹には、奥行き二十メートルほどの防空壕の穴がいくつも掘ってあり、入り口の土嚢から防空用の機銃の銃口がのぞいているのも力強く感じた。

炎天下の飛行機の周りでは、上半身はだかの整備員が忙しく立ち回り、波打ち際に立っている吹き流しが潮風になびいて、南方の最前線基地らしい様相である。

四月のある日、敵艦載機の奇襲を受けた。敵機は電探を避けて低空で侵入してきたのか、空襲警報のあったときはもう頭上に来ていた。

「緊急退避せよ」の号令より速く、待機中の搭乗員が素足のまま艦偵に飛び乗り、海面を這うように退避し、間一髪で難を逃れることができた。

索敵に出ていた艦偵からは、敵水上部隊の情報が刻々と入る。

敵機は味方の防衛の手うすをついて、マフラーをなびかせた乗員の顔が識別できるほど勇敢に突っ込んでくる。その鉾先は囮機に集中し、こっぱみじんに吹き飛ばされた。

機銃陣地は引き金を引きっぱなしの応戦。敵の爆弾はサーッと音を引きながら防空壕の近くで爆発、凄まじい攻防だ。

手空きの者は、壕の奥深くに伏せるようにして退避し、目と耳を両手で押さえ、口を半開きにして爆風に耐える。閃光を感じるたびに、もう駄目だ駄目だ、と息をこらして生き延びる始末だ。搭乗員は、空中では勇猛であっても地上では護身第一に行動し、空襲警報解除で穴から出た時のみんなの顔は、汗と埃で見分けがつかないほどだった。

空襲のたびに艦偵の空中退避が行なわれたが、それでも被害はあった。このため飛行機の補充が急がれ、分隊長・立川大尉ほか数名の搭乗員が艦偵空輸のため内地へ帰った。

日課の励行も空襲で中断されがちだったが、忙しさの中にも衣服の洗濯や繕い、理髪等の私用もうまくこなしていた。

あるとき、燃料運搬車に燃料を補給するため私と他二名で出かけた。途中の食糧倉庫では、作業員が米の袋を防空壕へ運んでいるところだった。われらも助太刀いたす、とばかりに車から飛び下り、人足にはやがわりし、三十キロの袋をかつぎだした。

その時、空襲警報が鳴った。空を仰ぐと、敵編隊の軸線は少しそれている。作業隊指揮官は、敵機を見るや作業の中止を命じて、そそくさと防空壕に入ってしまった。われわれ三人はまだ三十キロの袋をかついだままだった。防空壕は一杯で入れない。えいままよ、とばかり袋を投げ捨てた。

編隊は近い。「米がもったいない」「それ、車へ」——いったん投げ捨てた袋を抱えるや燃料車に飛び乗り、敵機の針路と逆の方向に車を走らせた。二、三百メートルも走ったろうか、シャーと爆弾が空気を切り、十発ほど着弾し地響きと共に物凄い爆風だ。振り返ったとき、倉庫の一つは宙に舞っていた。あっというまのできごとだった。こちらの逃げ足も速いが、無事で基地に帰りつけてよかった。

さて、命は助かったものの、米袋を返しに行っても罪は免れない。一計を案じ、当分の間、袋を預かることにし、防空壕の隅に保管することにした。その後、こっそりと、うすいお粥を作って空腹を補い、おかげで、多くの下痢患者を救うこともできたのである。

楓島飛行場

四月下旬、基地移動の命令があって、春島第二から楓島に移った。楓島は春島よりも小さいが、敵の攻撃目標になっていることには変わりはない。

兵舎は椰子林の中の小さなパネル造りのバラックだが、空から見えにくいので安心感はあった。それに蚊帳に入って寝られることが嬉しく、幼少のころを思い出す。一日の日課が終われば、コックリさんを呼んで占ったり、花札に興ずるのも最高の楽しみだった。

昭和19年４月30日、米機動部隊艦上機の空襲を受けるトラック島

トラック島竹島を爆撃する米陸軍のB-24爆撃機

相変わらず敵の水上部隊がトラック島周辺に出没し、わが方は連日、索敵機を飛ばした。この間、敵空母の艦載機の来襲と並行して、大型機による高高度からの爆撃も頻繁にあった。一五一空にも犠牲者が数名あった。白鳥飛曹長と福富上飛曹の離陸時の事故もこの頃である（詳細は後述する）。

一方、ソロモン方面の島々は孤立状態となり、ラバウル基地は要塞化し持久戦の構えにはいった、という噂がとんだ。事実そのようであった。

軍隊というところは、戦況に応ずるため、部隊の編成替えがよく行なわれた。

五月五日、一五一空は第二十二航空戦隊に編入になり、司令部のある春島第一飛行場へ移動することになる。

春島第一飛行場

春島第一飛行場は春島の東海岸にあって、第二に比べて施設や滑走路も整っており、滑走路の北の端に、岩盤を切り抜いて造った大防空壕があり、司令部はその中にあった。

一五一空の指揮所は、腰をかがめて入れる位の床の高さがあり、涼しげな構えだ。飛行場を一望にでき、白木に「一五一空偵察第一〇一飛行隊」と書いた看板が目をひいた。

一〇一飛行隊は隊長不在だったが、五月になってようやく新隊長に菅原信大尉を迎えた。

下士官兵の兵舎は、飛行場から五百メートルほど離れた所で、入江の奥といった感じの椰子林の中にあった。兵舎の裏手に山が迫り、頂を越えたあたりに島民の住まいがあった。潮の干満を利用した便所は、長く突き出た細い桟橋の先端にあって、区画は横一列に並び簡単に仕切ってある。そこからは、停泊中の艦隊を眺めることもできたであろうが、その艦船の姿も今はない。下に集まってくる魚を目標にして爆撃訓練するのが楽しみの一つだった。また、空襲で逃げるときの桟橋は、とても長く感じたものだった。

入浴は、下駄を履いて入るドラム缶の〝ごえもん風呂〟で、スコールの雨水を使って週に二回ぐらいだったろう。ある日の入浴中に、空襲警報が入った。たいしたことはないとたかをくって湯につかっていたが、爆音がせまってくるので、あわてて飛び出し、シャーッという音に追われるように全速で走った。防空壕に飛び込んだ瞬間、閃光と爆風で穴の奥に叩き付けられた。裸だったが傷ひとつなかった。でも、椰子の木は折れ、ドラム缶の二ヵ所からお湯が吹き出していた。間一髪、犬死にしなかったことにホッとした。

衛生状態はお世辞にもいいとは言えなかった。特に蚊と蠅には悩まされた。なにしろ、食事中、おかずを摘めば箸の先に蠅が止まるし、寝るとき蚊帳を吊っていても床の隙間から蚊が侵入する始末。飛行服のまま寝ても顔と手をやられた。マラリヤ、デング熱は南方につきものだが、下痢患者も多く、排便で自分の健康状態を知るのがいいようだった。蚊も蠅もいつのまにか気にもしなくなっていた。

自給自足始まる

飛行と当直勤務中以外の者の日課は、主に飛行場で行なわれた。敵襲の合間を、午前は飛行機の整備作業、午後の前半は教育訓練、後半になると運動をすることにしていた。一本の綱をネットがわりにしてバレーボールをしたり、簡単な三角形のベースボールも人気があった。腹の減らない程度にやれといっても、やりだせば元気がいい。

食糧の在庫は減る一方で先が見えてきたらしい。六月頃までは、搭乗員には食糧増産の作業はなかったが、各人は栄養補給に心掛けた。私などは、缶詰の空缶を腰にぶらさげて魚の骨を拾い集め、カルシウムをとった。タバコは物々交換の一級品で、すいがら探しに常に下を向いて歩いたほどだった。それでも、搭乗員には月に一回、特別増加食としてわずかだが飴と果物の缶詰めが支給されたが、ついにそれもなくなってしまった。

風の強い夜だった。ドカンとトタン屋根に何かが落ちた。何人かが跳ね起きて、ラクビーのボールをタックルするようにパンの木の実の争奪戦が始まる。木になっているうちは採ってはいけないが、落ちたのは食べてもよいことになっていた。焼いて皆で分け合って食べるのだが、一番手柄の者は少々多く食べられる喜びがあった。

潜水艦で補給される食糧はほんのわずかで、薩摩芋の自給自足がすでに始まっていた。野菜は不足していたが、周りが海で、塩と魚があって助かった。

私は、ソロモン方面の作戦から帰って来た六月上旬、黄胆にかかり目の球は黄色くなり、

一五一空偵察一〇一飛行隊の下士官兵搭乗員。昭和19年５月、トラック島春島第１基地で「今日はいい格好して写真撮ろうや」と撮った１枚。一列目、左から須賀本、伊沢、田中（著者）、森田、柴田。二列目、左から大野、瀬崎、保科、若林、小林。三列目、左から佐藤、吉井、中村、渡辺、青木、中馬、松浦、小品

昭和19年６月、バレーボール後に撮った偵察一〇一飛行隊下士官兵搭乗員。座っているのは左から佐藤、小品、保科、大野、著者、松浦、青木。後列は左から森田、瀬埼、長田、柴田、伊沢、渡辺、中村、吉井、須賀本。春島第１基地

元気によそおってはいたが語り合う気力もなく、栄養失調のきざしが見え始めていた。

なにが辛いと言ったって、出撃していった仲間の食事がいつまでも食卓に残っているぐらい気持を塞ぐものはない。連絡もないまま時間ばかりが過ぎていく。今頃どうしているだろう。どこかに不時着でもして泳いでいるんじゃないか。皆はあまり語らない。明日はわが身と覚悟はしていても、仲間の死ほど悲しいものはないのだ。

そんな我々の士気を鼓舞するように、司令の訓示がときおりあった。なかでも新しい偵察機の性能についての情報が気をひいた。それは、二式艦偵の改良型で、性能をアップし、名を「彗星」と改めた機体で、まもなく第一線に配備になるということである。

それにつけても、内地へ空輸に行った連中は、いったいどうしているのだろう。気のもめることだ。

二式艦上偵察機の事故

「鳥じゃなし、飛行機ってものは機械だもの、故障することもあるさ、はなから落ちると思って飛び出す者はいないがな……」

飛行練習生時代の「飛行安全」についての講義の一部だ。

戦時中、私は多くの航空事故を目撃し、自らも片翼とエンジンが吹き飛ぶような経験をした。戦地では、飛行機の整備がおいつかず、部品のやりくりにも苦労していた。

昭和十九年四月、私が一五一空に着任して間もない頃のトラック諸島（楓島）で、まだ夜の明けぬ基地を、哨戒任務の二式艦偵一機が、液冷エンジン特有のかん高い音を残して飛び立った。

搭乗員は、操縦・白鳥飛曹長、偵察・福富上飛曹、歴戦の猛者たちである。

見送りながら微かに見える青白い排気を追っていたとき、機は大きく左に旋回しだした。まだそんなに高度をとっていないが山を越えるつもりかなと、さほど不思議にも思わなかった。宿舎のほうへ足が向いたとき、「バリバリ……」「ドーン」と地響きがして振り向いた。一瞬、閃光が走り、山の頂き付近で火の手があがった。

「事故だ」「救助隊急げ」と、伝令がとぶ。

偵察隊のような小さな部隊では、手あき総員が救助隊だ。暗い指揮所も騒然としたが、担架を担ぐ者、スコップを持つ者、皆ばたばたと駆け出す。

頂上への狭い坂道を懐中電灯の赤い光をたよりに夢中で登る。昨夜の雨で足もとがおぼつかない。椰子の木につかまりながら、這うようにして進んだ。

山の中腹の分かれ道に辿り着いたとき、火の手がやや下火になったのか、辺りはまた暗くなった。乗員のことが心配だが、気ばかりあせって足が思うように動かない。一息いれては登る。先頭を行った者がつまずいたのか転んだようだ。

「危ないから足元に気をつけろ」と言って、同じところで私も転んでしまった。そのとき、やわらかい物に触れたような気がして、懐中電灯で照らしてみた。

「ヒャー、人だ」人が仰向けに倒れている。

「飛行服を着ているぞ。福富兵曹だ」

「よー、よー」「福、福、福富、福富」叫んでみたが動く気配はない。

「死んでるとちがいますか」と、恐る恐る一人がのぞく。念のために抱き起こしてみたが、ぐったりしている。

「だめかもしれんな……」半ばあきらめたが、それでも私は「福富、福富」と呼び続け、彼のほおを一発ひっぱたいてみた。そのとき、彼は静かに目をひらいた。

「生きてる、生きてる、大丈夫だ」一同が元気づく。

彼は気が付いたらしく小さな声でぼそぼそと語りはじめた。彼の口元に耳を近付けると、「遠くに小さい明りが見えて、そこへ行こうと思ってトンネルの中を歩いていた……」と。

顔じゅうが汗で光っていて、まだもうろうとしている。でも、命があって良かった。彼を後続の者にたのんだ。

白鳥分隊士もきっと命をとりとめている、と確信めいたものがあり、祈る思いであった。

「頑張れ、すぐ行くからな」と、呟きながら私は先へ急いだ。

下手の方角から爆音がして、哨戒のための代替機が飛び立ったようだ。

土の中の操縦席

ようやく事故現場に着いた。山頂近くの平らな所だった。陸軍部隊の懸命な消火活動が行なわれており、辺りには油と絹（落下傘）の焼ける臭いが漂っていた。火はほとんど消えていたが、熱くて側によりつけない状態である。

事故機は、地上に腹這いのかたちで座り込み、機体のほとんどを土で覆われ、プロペラと垂直尾翼だけが現われていた。火の手が敵機の目標になることを恐れ、消火を重視し、土をかけたようだった。

飛行コースと思われる方向に、細い椰子の木が四、五本、中ほどから折れていた。ぶつかったときの衝撃で、飛行機が前方に一回転しているかもしれない。もし、座席の肩バンドをはずしていたとすれば、機体から振り落とされているはずだ。手分けして辺り一帯を「白鳥さーん、分隊士ー」と、大声で探し回った。

ほどなく司令も到着され、夜明けとともに辺りの様子も分かりはじめた。操縦席の内は見えないが、もしやその中に、と不吉な予感がした。

そのとき司令は、なにを思われたか急にスコップを握り、力んだ声で、

「機体の中だ。熱いだろう。いま出してやるよ」

と、溺れかけている者を救い出すように土を除けはじめた。これを見た二、三人があわててスコップを持った。

どうにか機体のそばまで土を除けたが、足の裏がじりじりと焼けるようだ。手ぬぐいでマスクをし、臭いと熱に耐え、交代しながら掘り進む。額から汗が流れ落ち、苦闘のすえ、ようやく座席の上に立つことができた。

折りから雲行きがあやしくなり、まるで天が願いを聞いてくれたかのようにスコールが地

面をたたきつけた。南方特有の短時間の降りだが、焼けた土からさかんに湯気がたち、救われるような思いであった。

座席の中をおそるおそる掘っていると、司令が私を払い除けるようにして交代され、念仏をとなえるように、「白鳥、白鳥」とつぶやきながら素手で土を分けはじめられた。

「あっ、飛行帽だ」

一同の目が操縦席に集中した。司令の言われたとおりだった。顔の土を払っておられる司令は、涙で潤んだきびしい表情だった。

両肩が現われた。飛行服は半ば焼け、皮膚は赤く腫れている。肩バンドは締めたままで、両腕はやや曲がって宙をつかむ姿だった。

汗と土で真っ黒な司令の顔に疲れが見え、ようやく交代された。座席の中は土はすくなかったが、腰を折り曲げ、顔を座席に突っ込んでの作業は、むせかえる地獄にいるようだ。座席バンドを切り、遺体を引き揚げるまでになった。

主のいない後部の偵察席からは焦げた図板や電信機が運び出された。福富兵曹は、どのようにして、いつ座席から出たか。いや、機体が一回転したときに機内から振り落とされたのかもしれない。

軍医も到着。検死の準備もできたので遺体を飛行機から下ろすことになった。

司令は座席にまたがって遺体の後ろから両腕をかかえ、私ともう一人は座席の両側から足を持って引き揚げることにした。遺体は意外に重く、肌にさわれば濡れた風船をつかむような感じでつるっと皮が剝がれる。仏は座席から出されるのを拒んでいるようだ。

「かんべんしろよ」と、つぶやく司令。掛け声をかけて一気に遺体を引き揚げた。

担架に移された白鳥さんの顔は、煤で汚れ、苦しさに耐えたというより、口を真一文字にむすんだ勇ましい金太郎のようだった。

遺体の指の一本一本まできれいに拭き、軍医の検診を受けた。確かなことは分からないが、死因は落ちたときの衝撃と火傷によるのではないかと思われる。

遺体搬送で腰を抜かす

陽もかなり高くなり暑くなってきた。遺体を木陰にいれ、乾パンで朝食をとることにした。やれやれと一服つけたとき、またしても遠くで空襲警報のサイレンがなりだした。

「敵さん今日はいやに激しいな、空母でも近くに来てるかもしれんぞ」

先ほどから司令のところにしきりに伝令が来ている。

「みんな聞いてくれ。疲れているだろうが急いで山から下りることにする。敵機を警戒して行動するように。遺体を運ぶのに四人残れ。先任下士、おまえも残って指揮をとれ」と、泥まみれの司令は、杖で体を支えるようにして指示された。

寝棺の用意ができた。飛行服を脱がせるかどうかの意見もあったが、飛ぶときの姿のままがよいということになった。遺体を毛布にくるんで棺に納めたが、手が伸びたままでどうにも蓋ができない。

「落下傘の紐はないか」

半焼けの傘から使えそうな紐をよりだし、遺体の手を体に添わせて縛り、押さえつけるようにして蓋の釘を打った。そして、蓋に「頭」と書いて目印をつける。

「頭を山側にしてそろそろ進め」

担い手四人、私は頭の左側を担ぐ。緊張しているせいかとても重く感じた。

「足元に気をつけて……」

司令の声ははるか後方から聞こえ、痛い足を無理に歩いておられるようだ。担い手も左右交代しては狭い坂道をよろけながら下りる。

福富兵曹の倒れていた分かれ道あたりまで来たときだった。突然、「バリバリ、バリ」と、棺の蓋がめくれてもちあがった。私の目の前に赤く痛々しい二本の手が飛び出した。「ヒャーッ！」腰を抜かさんばかりだった。

「生きてる」と、叫んだまま立ち止まってしまった。

「大丈夫、大丈夫。看護兵はおらんか、早く来てくれ」

司令の声にホッとした。看護兵が担いでいた担架をぶん投げ、飛んできて言った。

「静かに下ろしてください」

下ろして見ると、縛った紐が切れて腕が伸び、蓋を持ち上げたというわけだった。看護兵は慣れた手つきで腕の関節を折りはじめた。「ぼき、ぼき」と、不気味な音がした。私には、こればかりは初めての経験だった。

空襲下の茶毘

遺体運搬に小一時間かかったが、敵の空襲にもあわず無事に山を下りることができた。その夜、椰子林の仮設宿舎で故白鳥少尉のお通夜が行なわれた。ローソク一本の粗末な祭壇だが、ピンポン球のような団子がひと皿供えられた。司令も来られ、にわか坊主の私が導師役をかってでた。お経は、浄土真宗の「帰命无量寿如来《きみようむりようじゆにようらい》……」。小学校時代に親戚の法性坊というお寺の住職から習ったものだが、まさか戦地で役立つとは思ってもいなかった。でも、半分ぐらいしか覚えていなかったので同じところを二回ほど繰り返し、あとは「南无阿《なむあ》弥陀仏《みだぶつ》……」で時間をかせいだ。

故人は、部下思いで、特に予科練後輩の私には偵察部隊の先任下士官としての心得を教えてくれた。私にとっては、かけがえのない羅針盤を失った思いであった。

最後に司令から訓示があった。

「さぞ故人は無念であったろうが、立派な死であった。ラバウル以来、率先して飛んでくれた。みんなは、白鳥君の分まで戦ってほしい。攻撃も偵察も任務に軽重はない」

故人の遺徳をしのび、いつもながらの次期偵察機の情報や、部下の健康を気遣っての内容であった。

このとき、二式艦偵が性能をアップして「彗星」の呼び名で登場することを知った。私はお話を聞きながら、この数ヵ月、司令と寝食をともにした日々をふり返っていた。部下の出撃を見送るときや迎えるときも、今日の事故のときも、常にわが子に接するような司令の行動に深い慈愛を感じたのである。そして、遠い故郷の父を思っていた。司令中村中佐に、上に立つ者の手本を見る思いがして、この方のためならと覚悟を新たにした。

遺体との一夜は明け、早起きした数名が火葬の準備にかかった。「福ちゃん」こと福井上飛曹がその指揮をとっていた。彼は、このような難しい仕事はいつも率先して引き受けてくれていた。下士官の次席としての彼は、私より二年も古参で経験の豊かな良き相談相手であった。

「福ちゃん、骨の折れる仕事だが頼むね」

「任せておいて、のど仏もきれいに残すからね」

爆撃の穴の底に古いトタンを敷き、トロッコのレールを二本を渡し、その上にお棺を置いた。薪は荷造りの廃材が主で、なかには生木もあった。

いよいよお別れの時がきた。仏は硬直もとれた安らかな顔だった。白手袋で正装された司令もみえ、一同が挙手の礼で見守り、茶毘《だび》に付した。その場に、うつむいたままの福富兵曹の痛々しい姿があった。

火葬も無事に終わり、のど仏は見付からなかったが、きれいに焼けていた。火葬の途中に空襲があって、そのつど火を消したりつけたり、廃油をかけては掻き混ぜるようにして焼いたと、煤で真っ黒になった福井兵曹から、その時の苦労話を聞かされた。

飛行機搭乗員の戦死はほとんどが未帰還であるが、白鳥さんの変わり果てた姿に敵への憤りを感じ、白木の箱に納めながら「きっとこの仇《かたき》は」と、心に誓った。

この事故は、故人が飛行兵曹長に進級して間のなかった頃のことで、真新しい階級章をつけた眉毛の濃い白鳥さんの笑顔が、半世紀以上たった今もはっきりと記憶にある。

ご冥福をお祈りする。

絨毯《じゆうたん》爆撃

三月二十九日、トラック島は敵大型機の初の空襲を受けた。それから二、三日後、春島第二基地で午前の作業にかかった頃だった。空襲警報の鐘が鳴り、「電探情報、敵大編隊南方より接近中」と伝令が走った。

待機中の艦偵二機は敵情偵察に飛び立ち、竹島から迎撃戦闘機（零戦）も出撃した。整備中の艦偵一機は、椰子林の奥深くに隠し、機銃員は配置についた。

「敵は大型機編隊、総員退避せよ」

二十分位たって、南の空高くB24の編隊を見張員が双眼鏡で確認した。高角砲の白煙が編隊の近くに炸裂しているが、敵はガッチリと編隊を組み、キラッキラッと不気味に光りながら接近してくる。零戦も果敢に攻撃しているだろうが、まだ肉眼では見えない。

どの防空壕の入り口にも、怖いもの見たさの姿が見え隠れしている。

「編隊は二つに別れ、一つはこちらに向かってきます」

「高度五千メートル、敵は近い」見張員は双眼鏡を放さず、刻々の状況を知らせてくれる。

「見張員退け」壕の入り口から司令の声がして、みんな一斉に壕の奥へ重なるように詰めた。死なばもろとも、できるだけ頭を低くして目と耳の穴を指で覆い、口を半開きにして、投弾の瞬間を待った。爆音にまじって遠くで高角砲の発射音が聞こえる。不気味だ。シャー、爆弾の空気を切る音がいつもより大きい。瞬間、ズズン、ドカンドカンと地響きと同時に耳をつんざく炸裂音。全身の筋肉が引き締まる。

爆風をまともにくらって壕の中の空気がユサユサといつまでも揺れ、死を味わった一瞬は過ぎた。助かった。土煙と硝煙の臭いが壕の中に溢れ、入り口の防御用の土を入れたドラム缶は見事に吹っ飛ばされていた。

「敵は遠ざかる。空襲警報解除」

爆撃を終えた編隊はゆうゆうと遠ざかり、もとの静けさにもどった。毛布片手に、やれやれと壕から這いだしたが、誰の顔も脂汗と土ぼこりで汚れていた。

弾着の最も近かったのはすぐ目の前の波打ち際だった。海面は濁り、魚がたくさん浮いている。滑走路には被害はなかったものの、直径十メートルほどの大きくえぐられた穴が辺り一面にあって、バラック式の建物は影も形もなくなっていた。初めて味わった大型機の編隊爆撃の威力に驚く。一日も早い零戦の補充を願わずにはいられなかった。

敵は、この三月に上陸したアドミラルティー基地から飛来したものらしい。零戦の報告によると、敵の数機に手傷を負わせたようだったが、成果は分からない。これらの爆撃行には、不時着した乗員を救う目的で大型飛行艇一機が同行しているようであった。

この日を境に、連日のように大型機の空襲を受けるようになった。

大編隊のままで、幅約二百メートル、長さ約百メートルの広範囲に爆弾の雨を降らせることから、このような攻撃法は絨毯《じゅうたん》爆撃と名付けられ、爆弾の種類は、目的によって破壊用とか人馬殺傷用などが使われていた。

夜間戦闘機「月光」の活躍

一五一空には戦闘機はないが、ここでは、「月光」について語らないわけにはいかない。

「電探情報、東方より敵機接近中」あたりは真っ暗だ。かすかにリズムのよい爆音が聞こえる。「またまたおいでなすったか」と、寝返りをうって腹に毛布を掛けなおすが、起き上がる者はいない。伝令は刻々の状況を知らせに来る。そして、居住区の番兵は、搭乗員に防空壕に入るよう説得するのだが、みないっこうに動く気配はない。

敵は毎晩のように来襲するが、その定期便の第一便は八時過ぎで、最終便が夜明け前の三時頃だった。単機で接近する敵は、味方の夜間戦闘機（略して夜戦という）に喰われるか、追い返されるので我々は安心して寝ていられた。まことにありがたいことだ。

でも、その夜は数機でやってきた。仰ぐ空には月や星の光が冴え、早くも地上から数条の光芒が伸び美しい弧を描きながら敵機を追う。見ている限りでは幻想的だ。味方の二本の光芒が動きを止め、その交差点にキラッと光る不気味な固まりを捕らえた。

高射砲隊が待ってましたとばかりに、敵の周辺に砲弾を炸裂させる。

ここは、竹島の夜戦（月光）の出番だ。夜戦は、光芒の交差点を目標にして敵機に接近する。敵を捕らえるや、すばやく腹の下に潜り込み、自分の背の固定機銃（二十ミリ）三挺でとどめを刺す戦法である。敵は苦しまぎれに、海上に爆弾を投棄して逃げるのもいるようであった。もちろん、手傷を負って墜落するものや不時着するものもあった。敵にとっては必死の爆撃行といったところであろう。

「空襲警報解除」で、やれやれと、再び眠りにつく。

敵機が遠ざかったあと、時間をおいてまた別の敵が接近してくる。味方に被害はなくても、われわれにとっては神経戦で眠りが浅くなる。でも、「月光」さまさまだ。

敵はその後、夜戦に対する防御法を研究し、下方に向く機銃を備えたとの情報が入った。このためか、味方の夜戦に被害が出るようになった。

この夜間戦闘機隊に、私が八戦隊の巡洋艦「利根」に乗り組んでいた時の仲間の、鑓水《やりみず》源一飛曹長（操縦員）と岡田保上飛曹（偵察員）がいた。特に鑓水飛曹長は、私が初めて実施部隊に出た時からの上司で、舞鶴海軍航空隊（水上機）、第十二特別根拠地隊（インド洋アンダマン諸島、零式水偵）、そして巡洋艦「利根」（零式水偵）と、一年半も一緒だった。

その鑓水さんが出撃すると、必ず敵の一機に大きな手傷を負わせて帰った。ある日、春島第二基地で、鑓水さんと私との間で一つの約束ごとをした。それは、一機撃墜するとタバコ一箱（「光」十本入り）を鑓さんにあげることだった。鑓さんはその後二、三回テスト飛行を兼ね春島に来て、タバコを手にしてご満悦だった。

しかし、その後の戦闘で自らも被弾、春島の近くの海上に不時着し、ついに帰らぬ人となった。その日、私の手元には最後の「光」が一箱残っていた。そのタバコを海に向かって力一杯遠くへ投げた。

このとき、岡田兵曹は重傷だったが命はとりとめたよし。聞くところによると、その日は壮烈な撃ち合いで、敵も深手を負ったようだった。重傷の鑓さんは最後の力を振り絞り、春島の私に知らせに来てくれたのかもしれない。またしても大事な人を亡くしてしまった。

鑓水さんは酒豪の太っ腹な方で、一杯入るとよく言っておられた。

「三チャン、このことは肝に銘じておけよ。『たとえ死が約束されていようとも、征くべき時は行け』そして、全力を尽くして任務を達成しろ。それが軍人の勤めであり、それが戦争だ」と。

舞鶴時代に、九五式水偵で空戦訓練をやってもらった頃の私はまだヒヨッコだったが、実施部隊での心得から遊び方まで教わった。また、内地でも戦地でも、新参者に冷たくあたる悪役の一人や二人いるものだが、鑓水さんとは階級の垣根をはずし、ほのぼのとした友情につつまれ、多くのエピソートを残してくれた仲だった。鑓水さんの訃報を知ったとき、私は一人月夜の海岸にたたずみ、笑顔の鑓さんに語りかけ、泣きに泣いた。

その二ヵ月後、私は「あ号作戦」の挺身偵察隊の先陣をたまわった。五月二十七日、決死の命令に臆することなく出撃し、成功をおさめえたのは、鑓さんのあの教訓と、身をもってしめしてくれた快挙があったればこそと、深く思いをいたすところである。

空中爆弾攻撃

敵大型機による空襲も日毎に増し、昼間は高高度で堂々と編隊を組んで飛来するようになった。これを迎え撃つ零式艦上戦闘機（零戦）は、敵編隊からの防御砲火の威力に押されぎみだった。そこで登場したのが空中三号爆弾（二百五十キロ）による攻撃である。

この空中爆弾は、敵編隊の頭上で炸裂させると、弾片がタコの足のように白煙を引きながら編隊に覆い被さり、被害を与えるものである。撃墜は不可能でも機体や燃料タンクに穴をあけることができ、途中で不時着するものもいたであろう。この戦法はたしかに手応えはあった。

この空中爆弾攻撃には、零戦だけでなく一五一空の艦偵も加わり、高森一義飛曹長がその先陣をかって出た。そして、攻撃法の体験を語ってくれた。

敵の編隊の真上で炸裂させるためには三つの方法がある。後上方からの接敵は最も正確な位置で投下できるが、相対スピードが遅く、敵の防御砲火を受ける時間が長くて撃ち落とされる公算が大きい。これとは逆に前上方で待ち受け、反航態勢で接敵すると、相対スピードが速すぎて投下の瞬間がつかみにくい。そこで考えだしたのが、直上から逆落としで襲いかかる方法だった。これは、投下した爆弾で自分が被弾することにもなりかねない捨て身の攻撃だった。うまくいけばいいが、編隊の下で炸裂すると全然効果なしということになる。

いずれの方法も接敵中から砲火をあび、目の前に弾幕をはられるので、攻撃効果よりも犠牲が多く、目をつむりたくなるような怖さがあった。

この捨て身の戦法に、敵もさぞかし怖かったであろうと思う。このようなあの手この手の戦法が、トラック島上空でくりひろげられたのである。

トラック島来襲の米B-24爆撃機編隊に対する三号爆弾攻撃の飛び散る白煙

夜間に飛来する爆撃機の迎撃に活躍した「月光」

第五章　あ号作戦挺身偵察

挺身偵察隊の出撃

　昭和十九年二月、ラバウルからトラック諸島へ移動した一五一空は、前述のように春島第二飛行場から楓島へ、そして春島第一飛行場へと転々と基地を替え、陣容も整い、二式艦偵も五、六機を数えるほどになっていた。

　五月五日、部隊は二十五航空戦隊から二十二航空戦隊に編入された。

　五月に入って、米機動部隊の動きが活発になり、わが連合艦隊は、敵艦隊との決戦を予期し、敵空母群の所在をつかむのに苦慮していた。

　五月二十五日、予想されていた命令がついに出た。「あ号作戦挺身偵察」の決行である。トラックの一五一空（二式艦上偵察機）とテニアンの一二一空（彩雲偵察機）にそれぞれ下令された。「あ号作戦」とは、敵が内南洋西部に来攻した場合、日本機動部隊が出撃し、基地航空隊と共に敵の主力艦隊を撃滅し、戦勢を一気に挽回しようという作戦である。

偵察目標は敵艦艇の停泊基地である。わが二式艦偵隊は、ソロモン方面のツラギ、フインシュハーヘン、アドミラルティーの三ヵ所。彩雲隊は、メジュロ方面と決定された。艦偵隊の中継基地は、ブーゲンビル島のブインとニューブリテン島のラバウルである。ブイン飛行場は敵の包囲下にあって使用は危ぶまれている。また、ラバウルはすでに自給態勢で持久戦に入り、飛行場は使用不可能のことが多い。それに加えて、ソロモン諸島方面の敵は着々と兵力を増強し、制空権は完全に敵の手中にあるのである。このたびの挺身偵察は文字どおりの決死行であった。

巻頭に記したように、命令を受けた私と操縦の森田上飛曹は、海軍記念日の五月二十七日に二式艦偵で春島を発進、八百浬を翔破して同日夕刻、敵制空権下の第一中継地ブインの穴だらけの飛行場に滑り込んだのである。

ツラギを奇襲せよ

翌二十八日、いよいよツラギ偵察である。敵はわれわれを察知しているのか、遠くで信号弾が飛ぶ。夜明けまで三時間ちかくあるが、敵機を避けるためには早いにこしたことはない。案内されて飛行場についた。飛行場の整備に徹夜の作業だったよし、昼間は敵の飛行機が飛来して畑仕事もできないとのことだった。

今回の偵察行のために頑張ってくれたことにお礼を述べ、たがいの武運を祈った。

「飛行場の端に赤色の光をつけますから、それをめがけて離陸してください」

辺りは真っ暗だし、身の細るような難問だが「やるっきゃない」。

守備隊の方々の見送りの中を、離陸地点に向かう。後席から立ち上がって滑走路の端に準備した赤ランプを確認し、飛行機を正しく向け、車輪が地面を切る瞬間を祈る。

機は序々にスピードを上げる。尾翼を上げ、エンジン全開か。車輪が地面を切り、「浮いた」と感じたとたん、一気に飛び立った。赤ランプが後方へ流れ、離陸できたことに安堵した。

無事に離陸できたことを司令にも知らせたいが、隠密行動では敵情報告以外の電波を出すことは堅く禁じられている。司令も快報を待っていることだろう。

敵戦闘機の攻撃を不発に押さえるためには、先手をうって高高度で待機し、敵機が来るまでに撮影を完了してしまうことだ。

東へ針路を取り、徐々に高度をとる。太陽が顔を出す頃、ガタルカナル島が大きく浮かび、ソロモンの島々は無限に広がる箱庭を眺めているようだった。酸素を吸い始める。

第一の目標ツラギの東方で高度五千メートルまで達し、さらに上昇を続けた。高高度では体力の消耗を考え会話は控え目にするのだが、酸素による事故もよくあることなので、たがいに意識して声をかけ合っていた。

高度一万メートル。機外温度はマイナス四十度を下回っている。電熱服を着て落下傘バンドをつけ、拳銃・双眼鏡・暗号書を身につけ、酸素マスクを装着すると狭い座席では身動きできないほどだ。電熱服が古いのか汗で濡れた下着にピリピリと感じる。我慢するしかないが、最悪のときはスイッチを切るしかない。

太陽の高度は三十度に達し、写真撮影の条件も次第にととのい、決行のときが刻々と迫る。だが、四千メートル付近に積雲が点在しており、泊地上空の雲が心配だった。敵はレーダーで捕捉しているだろうし、そろそろ戦闘機のお出迎えのころだ。前席の森田兵曹の頭の動きも速くなり、敵機への神経がたかぶってきたようだ。後席の旋回機銃の準備にとりかかる。

エンジンは快調だが、かるい振動を感じる。主翼前縁にうすい着氷が見える。氷が厚くなると失速の危険があるので、八千メートルに降下することにした。

高高度では息切れのするほど体力の消耗が激しい。このため、ときどき吸入用酸素を百パーセントにして深呼吸をし、体力の回復をはかりながら作業を続ける。

心配した着氷も止まった。ふと、トラック島のことが頭に浮かぶ。今頃は無線室も緊張し、入電を待ちわびていることだろう。またしても、中村司令の顔が……。

地上の明るさは撮影可能な状態までになった。周りに敵機の姿はない。よし、今だ。

「針路二九〇度、進入開始」

偏流測定器をとおして目標を確認し、針路を修正しながら接近した。

幸にも追い風は強い。機速三百ノット（秒速百五十メートル）。幸運にも泊地上空はぽっかりと穴があいたように雲が消えている。撮影用ハッチを開けると、外気がもろに機内に飛び込み、吐く息も白い。早くも敵の全貌が見えてきた。

「撮影開始」

緊張の一瞬だ。カメラのスイッチON。指の感覚が鈍い。

「カメラの作動良好、敵機なし」

右手の鉛筆が走り、目視により敵艦艇の状況を図板に記録する（カメラは、垂直写真用の固定式自動連続撮影機で焦点距離五十センチ、フィルムのサイズは十八センチ×十八センチである）。

「空母がいるぞ、輸送船もうようよいるぞ」

入江の奥に、沖合に、泊地一杯に群れをなして停泊している。双眼鏡を使って艦型・艦名の識別に視力を集中する。

「特設空母二、戦艦四、巡洋艦五、輸送船等の舟艇約九十隻」まったく、驚くほどの数だ。覚悟していた対空砲火もなく完全に奇襲に成功した。そのとき、

「前方に敵戦闘機！」

瞬間、衝撃が襲った。前席の叫びに目をやると、はるか下方の雲上を飛ぶ機影を見た。

「空戦よりも電報が先だ。逃げるんだ」

と、思わず叫んだ。森田兵曹のはやる気持をなんとか押さえ、電文を書きあげる。

垂下空中線を下ろし、凍える指先をキイにのせ、手首を大きく動かして打電した。もちろん暗号電報だ。打ち終わって、ただ電波の届くことを祈った。

三秒ほどして『了解』が入った。「やったー」と全身の緊張が一瞬にして散った。四ヵ所からの了解電があって、電報を待っていたのがトラック島だけでなかったことに、この作戦の重大さがうかがわれる（内地からの了解電もあった）。

高高度ではおたがいに空戦性能も悪いが、火力が違う。空戦は避けるにこしたことはない。雲間を高度を下げながら帰途についたとき、真下に白い航跡を曳く一群を発見した。大型空母「サラトガ」型だ。駆逐艦を従えて北西に針路をとっている。大きな獲物だ。発見したというよりも下にいたという感じだった。思い切り直上を通過し、垂直カメラに収めた。砲火はなかった。敵も驚いたことだろうが、こちらもびっくりした。

高度三千メートルぐらいだった。敵機の動きから、包囲されているような予感が走った。待ち伏せか、泳がされているのか。このような経験をしたことがないが、考えられることがひとつある。それは、二式艦上偵察機は本来空母に搭載されていたので、敵は日本の空母が近くにいると勘違いし、その所在を確かめようとしているのではないかということである。だとすれば、いっとき北に向かい列島を離れ、敵機をまく手もある。戦いというものはおたがいに化かし合うのも手のうちと、積雲を伝って約十分間北上した。

しかし、撮影済みフイルムを現像しなければならない。長居は禁物と雲を中を急降下、敵の目を欺き、「ざまーみろ」とばかり、海面を這うようにしてブインへ引き返した。

ブインが見えてきた。ほっとしたのも束の間、距離はあったが敵機が迫ってきた。後席の機銃で応戦、敵をかわす余裕のないまま滑走路に滑り込んだ。さいわい被弾はなかったが、ジャングルに飛び込んでしまい、右の翼端を樹にぶつけてしまった。

もう飛ぶことは不可能かもしれない。しかし、無事に第一の目標を偵察し、大地に両足で立つことができたことに涙をかみしめていた。

ラバウルでの待ち伏せ

報告を聞くブインの指揮官は終始ニコニコとうなずいておられた。雨漏りが心配されるような粗末な小屋で、隠遁を思わせる生活だが、隊員は明るくきびきびとし、心の動揺も見せず、指揮官を中心に堅く結ばれているのを知り心強く思った。

私たちには常に銃に着剣の番兵がついて、身を守ってくれていた。小川で水を浴びたとき、番兵の発砲で小鰐《わに》がもんどり打ったのには驚いた。でも大とかげには会わなかった。「鰐も大とかげも食べるとうまいですよ」と言っていたが、食べる機会はなかった。

守備隊員の中に、数名の飛行機の整備員がいたことは、われわれにとって力強く感じるとともに、偵察成功の大きな要因でもあった。

心配した翼端の傷は思ったよりも浅く、二十センチほど剝がれていたが応急処置で飛べるようになった。なんとしてもあと二ヵ所の偵察を、と思っていただけに飛び上がるほど嬉しかった。敵に察知されていることであり、守備隊員のことを思えば一刻も早くブインを離れねばならぬ。

午後二時、お世話になった基地の方々と別れを惜しみつつ、敵のすきをみて再び舞い上がり、ラバウルへ向かった。

ラバウルは、朝から空襲警報が出っぱなしのようである。だが他に行くところはない。ラバウルまで三百浬、二時間たらずの航程である。敵のレーダーを避けるため、椰子林をなめるように超低空で海上に出た。そして、雲やスコールに身を隠すようにして徐々に高度を上げ、北西に進路をとった。

修理した翼端は、はずれることなくついている。なんとしてもラバウルまでは飛びたい。はるかに、反航する機影を見る。この辺りは全方位敵であり、雲だスコールだと、常に自然を味方に安全な飛行ルートを考えて飛んでいた。

快適に飛び続けて一時間、目指すニューブリテン島が水平線上に浮かんできた。

森田兵曹の歌声が伝声管を流れてくる。名調子だ。それがいつも炭鉱節ときまっている。高ぶる気持を押さえようとしているのだろう。

ラバウルの飛行場が見えてきた。一年前は、離陸する飛行機で火山灰が舞い上がり、活気に満ちていたが、今はひっそりとして小さくなったようだった。滑走路には爆弾の穴が点々とあり、整地中の人影があった。翼をふりながら接近して確認すると、なんとか着陸できそうだった。

敵の待ち伏せを警戒しながら着陸態勢にはいる。滑走路の修理した箇所は土が柔らかで脚がとられそうになり、ピクンピクンと心臓が止まりそうだ。スピードもなくなり、やれやれと座席に立ち上がった瞬間、地上の整備員たちが急に手を横に振って逃げ出した。

「バリバリ……」

耳をつんざく爆音とともに火線が前方へ走った。後ろから敵の超低空の一撃をくらった。振り向くと、続いて一機が突っ込んでくる。

「しまった」エンジンを止め、転がり落ちるようにして機から離れた。

「森、危ない、伏せろ」

地に伏せたまま一撃くらった。銃撃でよかった。爆撃だったらこっぱみじんに吹きとんでしまったろう。最も弱い態勢の時に攻撃され、手の出しようがなかったが、幸いまったくの無傷だった。天はまたしてもわれらに味方してくれたのだ。

海・陸両軍の参謀の出迎えを受け、ツラギの報告と次の目標の打ち合わせが行なわれた。その間に撮影済みのフイルムの処理も終わり、綿密な写真の判読が始まった。

一年ぶりに見るラバウル基地は、戦の態勢は完全に攻めから守りに変わり、迎撃のつど先を競うようにして飛び立っていた零戦も、数機をとどめるだけになっていた。

真っ赤な夕日を背に宿舎に入り、命ある喜びをかみしめた。そして、満天の星空のもと、中村司令の笑顔を夢見つつ深い眠りに入った。本当に長い一日だった。

フインシュハーヘン決死のダイブ

ラバウルに着いた翌日(二十九日)は、飛行機の翼端の修理とエンジンの整備にあて、搭載機器(カメラ、吸入用酸素、機銃、無線機等)を入念に点検し次期偵察に備えた。

ツラギ偵察の成果を確認のため司令部を訪ねた。心配された航空写真も鮮明に撮れており、詳細に写真判読がなされ、その船舶の数に一同驚いていた。作戦室では、空母「サラトガ」の行方が話題になっていて、ラバウル基地に温存してある零戦の使用も計画されているようだった。

ツラギ偵察の詳細な成果は、すでにトラック島の中村司令に届いている。喜んでおられよう。「次の成果も期待しているぞ」と、司令の声援が聞こえるようだ。

ツラギ偵察の興奮から二日目の五月三十日を、次の目標ニューギニア東海岸のフインシュハーヘンへの決行の日と決めた。

その夜、敵の空襲を受けたが、飛行機には被弾もなく無事に三十日の朝を迎えた。予報どおり天候はあまり良くないが、決行の気持は堅い。敵はわれわれの出撃を感じたか、朝から間断なく来襲しており、なかなか離陸のチャンスをつかむことができなかった。

午後二時頃になってようやく離陸に成功した。ほっとしたのも束の間、はやくも後方から接近する二機を発見、夢中で雲に飛び込み危うく難を逃れた。任務達成のためには、敵機に立ち向かうことを極力避けねばならぬ。偵察機乗りの惨めなところをまたしても味わってしまった。

目標まで三百浬、二時間少々の航程である。進むにつれて天候は積雲から層雲に変わり、視界もぐんと落ちた。この分だと目標上空は雨だろう。超低空の強行偵察を覚悟せねばなるまい。しかも、敵機は網を張って待ち受けていよう。蜂の巣を突っつくようなものだ。

歴史好きの中村司令はよく、昔の武将の戦い振りを語っておられた。その中の一つに源義経が突如鵯越《ひよどりごえ》えの嶮路から敵を衝《つ》いて成功した話があったことを思い出した。

敵のレーダーの目を避けるには超低空で接近する手もあるが、戦闘機の網を破ることは不可能にちかい。ここはひとつ悪天候を利用し、目標の直上で急降下に入り、雲の層をいっきに突き抜け、敵の不意を衝く作戦も良いかもしれない。しかし、雲下に出て敵の泊地を探すようでは戦闘機の餌食になるだけだ。成功するためには、雲上でも正確な機位をつかんでいて泊地の真上から突入しなければならない。

幸い雲の切れ間から白波が見える。この白波を利用して機のスピードと偏流角（機首方向に対して飛行機の流される角度）を測定し、風向風力を知って推測航法ができた。また日中の天測（太陽）でも、さらに正確な機位を求めることも可能だった（天測位置とは、六分儀で天体の高度を測り、計算によって出した自分の位置である。角度の一度は六十分。その一分の測定誤差で位置の線に一浬〔千八百五十二メートル〕の誤差が出る。機上での測定は動揺があって高度の技術が要求された）。

途中、雲上を哨戒中と思われるP38戦闘機の機影を認めたが、発見されることもなく経過し、予定の泊地突入時刻が迫ってきた。

手持ち航空カメラ（ブローニー判、20EX、自動巻き上げ）を点検し、操縦員との十分な打ち合わせも行ない、緊急時の手綱戦法についても再確認した。

ここで、手綱戦法なるものを説明しよう。機内では伝声管をとおして会話をするが、空戦中や緊急のときは間に合わないので、競馬の騎手をまねて手綱で合図することを考えたものである。操縦員の飛行帽左右の耳の付近に紐を取り付け、敵機が右後方から来れば右の手綱を引く。操縦員は右足でフットバーを踏み込み、機を右へ横滑りさせることで敵の弾を回避する。二座機の後席は両手がふさがることもあり、口にくわえていろいろな合図に利用できた。数多くの戦いを生き抜くことのできたのも、この戦法によるところが大きい。

決行一分前。手持ちカメラを握り締める。明暗を分ける一瞬だ。左手首に巻いた航空時計の秒針が大きく見えた。高度四千メートルからのダイブだ。

「一発勝負だ、行くぞ」と、声が一段と高ぶる。

「五秒前、四、三、二、一、テー」

待ってましたとばかり急降下にはいった。

真っ白い雲の中では、飛行機の姿勢は判断しにくいが、高度計の針の動きと、圧力に敏感な耳の鼓膜の痛みで降下の凄まじさが感じられる。唾を飲み込み、鼓膜を正常にもどしながら高度計の目盛りを読み続ける。目標の見えない急降下ほど不安なものはない。

高度計は二千メートルを指したがまだ雲から出ない。危険を感じ機首を起こしはじめる。千メートル。五百メートルをきったとき、パッと視界がひらけた。

「船がいます。飛行場も。戦闘機」前席からピリピリする声がとどく。後席の風防を開け夢中でカメラのシャッターを押し続けた。「小型艦艇三隻、輸送船十五隻」と記録する。スマートな双胴のP38戦闘機が目の前をゆうゆうと横切るのが見えた。右にも左にも……完全に包囲されている。三十六計逃げるが勝ちと、追跡をかわし、無電を打ちながら雲に飛び込んだ。

完全に敵の意表を衝くことになり、まったく奇跡だった。

過去の教訓から、敵の戦闘機P38二機と遭遇したときは、敵の一機を追えば、別の一機がピタリと後方から狙ってくる。この繰り返しで敵の攻撃が実に見事なタッチワークで行なわれていることを知っていた。後方から攻撃を受けたとき特に手綱戦法が役に立つのである。空中でも地上においても、ひとつひとつの経験が命をつないでいるみたいなものだ。

帰途について三十分、ダンピール海峡はるかに白く濁ったかなり広い海域を発見した。双眼鏡で確認すると、北上中の上陸用小型舟艇群だった。五列縦隊で百隻はくだらない。またどこかへ上陸作戦を企んでいるのだろうか。

午後六時、小雨降るなかを無事にラバウルへ帰投することができた。

人生最後の食事？

司令部では空母「サラトガ」の行方に神経をとがらせており、やや興奮した質疑がとびかい、はやくも次の目標に集中しているようだった。でも、今日のフインシュハーヘンの敵情報告にダンピール海峡で発見した舟艇群を強調することを忘れなかった。

基地では、敵の上陸に備えてドラム缶の移動や陣地の構築に忙しく、特に敵を水際でくいとめるべくガソリンのパイプを張り巡らし、知力をつくしていたようだ。

夜間、日本の電探を避けるようにして山陰から突っ込んでくる爆撃機を、二基の探照灯で撃墜したことも二度ばかりあったと聞く。敵さん目が眩んでのおだぶつだ。山頂の見張員と探照灯員の連携の妙と言えよう。心強く思った。

滑走路の草むらで、紐の両端をそれぞれもって地面を掃くように移動しているのを見た。聞くと、親子爆弾を探しているとのことだった。危険な作業だ。この親子爆弾は、一発の親爆弾が地上で破裂すると、中から缶詰ぐらいの子供の爆弾が四方に飛び散り、一触即発の状態で地面に鎮座しますという仕掛けで、地雷の子分みたいなものだった。

「腹が減っては戦はできぬ……」なんてことは口が裂けても言えない。ここも自給自足の状態で、一日一回のイモ雑炊が口に入るだけでも幸せなことだった。ところが、もらった航空弁当は目をみはるようだった。人生最後の食事と思って作ってくれたのかもしれない。

この夜、宿舎に向かう足取りは鉛の飛行靴でも履いているようで、下げている偵察カバンも投げ出したかった。仮設兵舎の板壁には陸戦の編成表が貼ってあり、鉄製の槍や手榴弾に緊迫の様相がひしひしと感じられた。

私は、空襲警報があっても防空壕に退避する気力もなく、ながながと横になっていた。

「明日は、アドミラルティーだ」と、自分に言い聞かせるように握り拳で力んでみたが、カンテラで照らされる手の甲には艶はなく、周りの物がこころなしか黄色く見えた。残り一ヵ所、なんとしても成功させねば……。

ふと、今日の奇襲のことで、半年前の「特修科偵察術課程」での厳しかった訓練が次つぎと頭に浮かんできた。卒業の日、「田中、ラバウルの一五一空に行ったら三日と命はないぞ……」と、励ましともとれぬ別れの言葉を残し、それぞれの任地に向かった仲間の二十名はどうしているだろうか。孤立状態のラバウル基地で、現にこのように生きていることに人間の運命を感じ、胸が熱くなった。

椰子林に降り注ぐような満天の星。周りの星を圧するように輝く南十字星。またしてもこの世の見納めかと、しばし見とれていた。

森田兵曹はころりと眠りに入ってしまった。司令の選んでくれた彼の操縦の勘の良さには感服した。彼の寝息を聞きながら、もし無事に帰ったら司令にお礼を言わねばと、そんなことまで考えていた。

「死なばもろとも」と、共に死を乗り越えるときの心の絆ほど強いものはない。遠くに聞こえる爆音も、いつしかうすれていった。

弾幕下のアドミラルティー

五月三十一日、寝苦しい一夜は過ぎ、第三の目標「アドミラルティー」偵察の日だ。あたりはまだ暗く、遠く飛行場の方角から二式艦偵特有の甲高い爆音が聞こえる。「エンジンの調子はどうかな」と、星空を見上げながら指揮所へ急ぐ。

試運転が終わったのか静けさがもどり、東の空がほんのりと白み始め、周りの山がかすかに見えてきた。日本から南へ六千キロ、ソロモンの夜明けだ。数ヵ月前まで、血みどろの戦闘が繰り広げられていたとはとても信じられないほど静かだ。天国とはこのような所だろうか。

昨夜の爆撃で飛行場が狙われたが、滑走路は使用可能との知らせが入った。

五時三十分に離陸。敵戦闘機を警戒しながら針路を北西にとり、一路アドミラルティー泊地へ向かった。

「今日の相手は手強いぞ。あと一つだ」

たがいに緊張しているのか、口数は少ない。

やがて太陽は昼間の輝きとなり、色眼鏡を通して見る海面も眼を射るようだ。紺碧の空へ日の丸の翼が力強くのび、白いマフラーに若い海鷲の意気を嚙み締める。

飛ぶこと一時間半、早くも目標の手前五十浬の地点に達した。天候は晴れ、視界はすごく良い。高度七千メートルで進入することにし、偵察準備にとりかかる。

アドミラル諸島へは二月下旬に敵が上陸しており、防御砲火も覚悟せねばなるまい。最後の目標を目の前にして、ただ、敵情を打電できることを願った。

あたりに敵機はなく不気味なほどだが、一直線に泊地に向かう。

「敵機なし、進入開始」

偏流測定器をとおして泊地の全貌が迫ってくる。

座席に潜り込んで垂直カメラの撮影窓を開け終わったとき、飛行機が急に浮き上がるような異常な揺れを感じた。

「前方に弾幕。あ！　高角砲だ」

びっくりするような声に一瞬とまどった。

見ると、ほぼ同じ高さに白くポカッポカッと弾が炸裂している。敵の電探射撃は実にすばらしい。至近弾で機は大きく揺れ、いまにも分解しそうだ。

しかし、挺身偵察隊の面目にかけても偵察を中止することはできない。砲火の中を突進するのは爆撃機も同じだが、時間的には偵察機のほうが長く、また、連続撮影が終わるまでは直進しなければならない。

「撮影開始。『サラトガ』がいるぞ」

多くの艦艇にまじって大型空母がでんとかまえ、泊地全体を圧しているのが見える。まぎれもなく先日ツラギを出港した「サラトガ」だ。行方を突き止めることができ、飛び上がる思いだった。

「撮影終わり」

急旋回で弾幕から逃れた。弾の中を通過することはさほど珍しいことではないが、三十秒の撮影を今日ほど長く感じたことはない。偵察機を「棺桶」と言うのもうなずけるような気がする。

捨て身の超低空侵入

泊地上空を無事通過したが、弾幕に遮られ敵情を完全に捕らえることができなかった。それに、爆風で飛行機が揺れ、撮影も満足できるものではない。どうしようか迷った。

「よし、もう一度行こう。こんどは低空だ」

「またですか」と、なかば疑うような返事だ。

「弾幕がじゃまして下がよく見えなかったんだ」

「ハイ」と、こんどは元気な声が返ってきて、はやくも降下にうつる。

「海面を這って、敵艦のあいだを通ってくれ」

敵艦からの防御砲火を受けることは覚悟のうえだ。これ以上の強行偵察はない。この捨て身の戦法には大きな賭けがあった。つまり、敵がいつ射撃を止めるかということである。

泊地から遠ざかるようにし、高度を下げながら敵情の第一報を発信する。ようやくにして海面に達し、思い切って泊地に突入を開始した。

接近するにつれ、敵はさかんに銃弾をあびせてくる。その銃弾の下をかいくぐるようにして全速で突入する。頭上を、前方を、赤い曳光弾が飛び交う。怖くて目をつむりたいぐらいだ。「もう駄目だ」と思ったとき、敵の砲火はピタリと止んだ。

「賭けに勝った！」

ここぞとばかり、手持ちカメラで敵艦を右に左に撮りまくる。

航空母艦が、大きいビルのようにのしかかってきて、弾よけのような感じだ。

私は、泊地や編隊航行中の艦船を強行偵察するとき、この捨て身の戦法を使うことがあった。敵同士が味方打ちを避けるであろう瞬間を逆に利用したものである。その後、フィリピンのレイテ島沖で、敵の大船団に対してこの戦法をもちいて見事に成功している。

「偵察終わり」

接近の途中、機体に衝撃を感じたが、翼と座席には弾痕は見当たらなかった。

低空のまま針路を東にとり、敵地を離れる。さいわい敵戦闘機の追従もなく偵察は完全に成功したが、一度に血の気がひいたような感じがした。

「さあ帰るぞ」

どうにか、帰還の切符を手に入れた思いだった。

『空母一、戦艦一、巡洋艦一、その他四十隻』

一大決戦への敵の動きがうかがわれる。敵情を打電してホッとしたとき、『了解』に続いてラバウルから入電があった。

『ラバウル基地空襲中、飛行場の使用不可能、修理の見込みたたず』

さて、困った。帰れる基地はただひとつ、司令の待つトラック島だけだ。どうしても帰りたい。だが、燃料が足りるかどうかが心配だ。ラバウルに不時着する手もあるが、たとえ命はあっても司令のもとには帰れない。どうしても司令に会って、直接に報告がしたい。

「よし、トラック島だ」――思い切って針路を北にとった。

這ってでもトラックへ

基地宛に敵情を知らせ終わったときは、精根尽き座席に深々と沈みこんでしまった。トラック島まで六百二十浬、燃料消費を計算すると、極力燃費を押さえても、少しの回り道も航法誤差も許されないことが分かった。手放しで喜んではいられないのだが、敵地から遠ざかるにつれ緊張もほぐれ、鼻歌のひとつも出て快適な飛行が続いた。

赤道近くなって、前方の水平線上に真っ白い積乱雲のせり上がりが見えてきた。洋上ではよくあることだが、機首方向だけに心配だった。

八時四十分、赤道通過。四日前には、再び通ることもないと覚悟をしていただけに感激は大きかった。小学生時代に「赤道には赤い線がひいてあるんだぞ」と聞かされ、本当にそう思い込んでいたことが懐かしく思い出される。あるはずがない。でも、確かめるように身を乗り出して海面を見た。

北上するにしたがって雲行きが怪しくなり、天候急変の兆しが見えてきた。雲上を飛ぼうとして上昇を続けたが、入道雲が金色に縁どられて生き物のように沸き上がっており、高度五千メートルでも雲を越えることはできなかった。

高高度飛行は燃料の消耗も多く、それに雲がどこまで続いているか分からない。また、二式艦偵の液冷エンジンは、燃料タンクの切り替え時に燃料の吸い上げが悪いのか、時間のかかることがあった。その間に高度が下がるので、海面を這《は》って行くのは危険度が高い。かといって、ラバウルへ引き返すにはもう燃料が不足だ。大きな壁にぶつかってしまった。なんとかしてこの苦境を脱する方法はないものか。

「えらいことになったぞ、こんなことで犬死にしたくないな」

「そうだね」

考えていることは同じだ。もう、海上を超低空で飛び、この悪天候を切り抜けるよりてだてはない。最悪の事態を考え、詳細な敵情と現在位置を打電し、了解をとった。

降下を続けながら、エンジンの調子、残燃料、天候の予想、飛行機の重量と投棄可能物件などについて意見を述べ合い、今後の行動を打ち合わせた。

ためらいは迷いを生み、判断を狂わせるというが、問題は燃料だ。思い切って雨域に突っ込み、トラック島へ直行することに意見が一致した。

前面の雲は海面にまで達し、その接するところはナイアガラの滝を思わせるほどの雨だ。「よし行こう」と、気合いが入る。

不気味なまでに暗い雲が眼前に押し迫り、急に視界が零ちかくまで落ちた。雨は「バチバチ」と音をたてて風防ガラスをたたき、回転するプロペラの先端からは水の被膜が大きい輪をつくって後方へ飛ぶ。かすかに見える海面は白い潮の筋で覆われ、三角波が牙をむき出して山のようにうねっている。

巡洋艦に乗り組みの頃、よくこのような天候も経験したが、まるで地獄の底に叩き込まれた感じだ。

コース上には島もなくぶつかるものはないが、低空を飛んでいると飛行機もろとも海へ飲み込まれそうでとても怖い。

偏流角は二十度を超え、風速百ノット（秒速五十メートル）の暴風圏の中にいるようだ。風は、幸いにも追い手だ。何時かは向かい風にもなるだろうが、ただ、追い風の続くことを祈る。飛行機の揺れは大きく、座席バンドを外すこともできない。

後席の風防の隙間から滴がポタポタと図板（地図）に落ちる。濡れた地図上に綿密な航跡

あ号作戦挺身偵察:田中機行動図(二式艦偵)

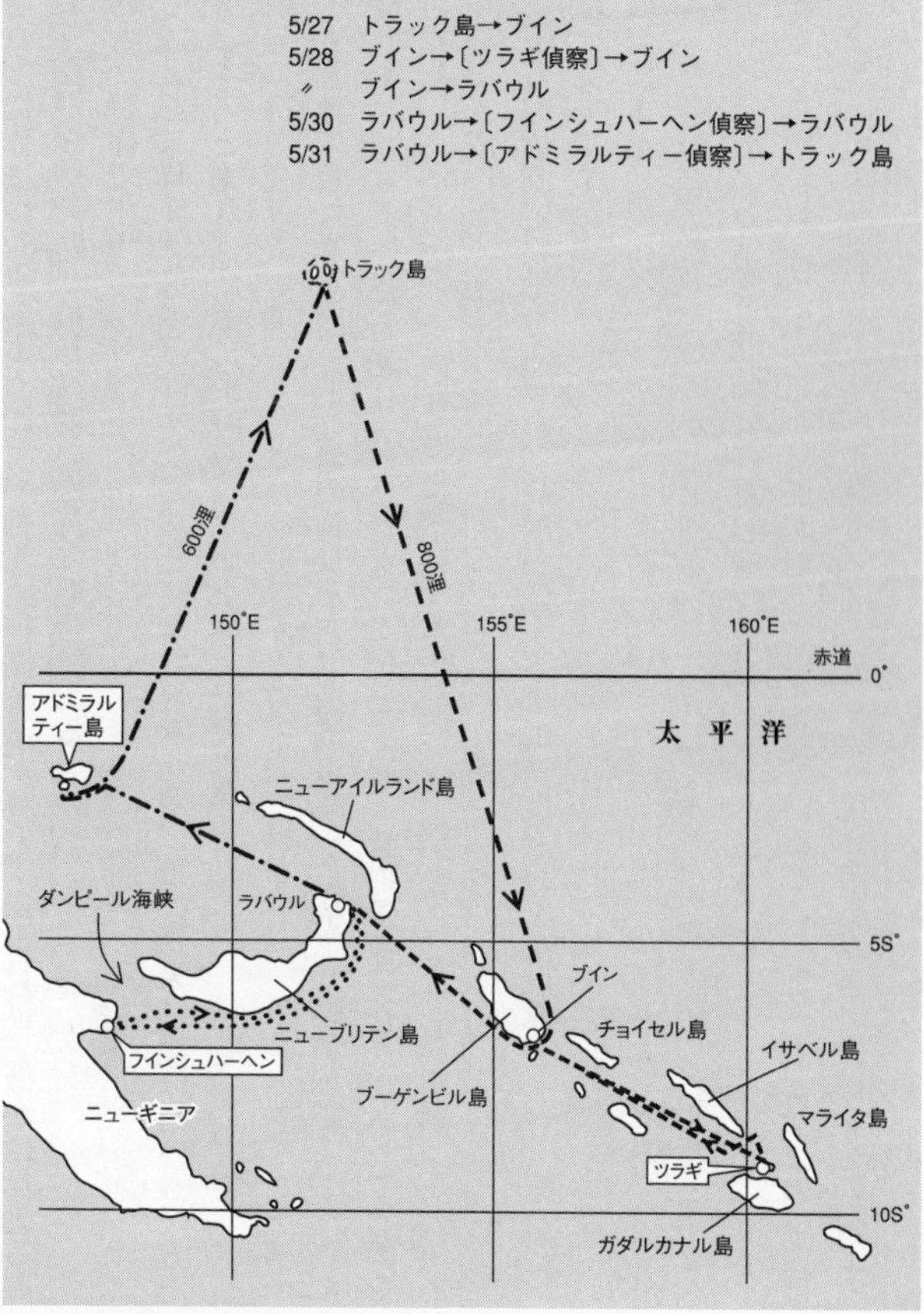

が記入され、機体につかまるようにして細かい推測航法が続く。操縦員は、微かに見える海面をたよりながら、針路と飛行高度の保持に懸命である。

「燃料あと一時間です」

計算ではまだ二時間は飛べるはずだが、と疑ってもみたが、この悪天候では狂いも出るだろう。もし本当とすれば洋上に不時着だ。いよいよ緊急事態だ。

死が前方に待ち受けていても、今は飛び続ける以外手立てはない。

少しでも基地に近付くため、飛行機の重量と空気抵抗を減らす緊急処置が必要になってきた。まず、翼に吊るした燃料増槽（空タンク）二個と旋回機銃の予備弾倉（弾あり）二個を海上に投棄した。そして、その後の投棄の順を電熱服、機銃、カメラ、無線機……と決め、状況をみることにした。

電波による方位測定の手もあるが、高度が低すぎては精度も良くない。

「位置は大丈夫ですか」

「航法は俺にまかせておけ」

とは言ったものの、誤りがないかと最初からやり直してみる。絶望感がじわじわとふくらんできて、持っている情報を詳細に打電し続けた。

海は相変わらず荒れ狂っているが、風が刻々に変化しているところをみると最悪の事態は過ぎたようだった。人間は誰しも、危険が迫ると悪い方へ悪い方へと考えたがるもののようだ。どっかと座り直し、心を静める。

「あと四十分です」

またも知らせてくる。あせっているようだ。こんなときこそ炭鉱節でも歌ってくれればと思うが、無理なことかもしれない。

ふと目の前の高度計がマイナスを指していることに気が付いた。

「気圧が上がってきたぞ、もう大丈夫だ」

高度五十メートルを飛んでいるので、気圧高度計を逆に利用し（目盛りをゼロにあわせ、気圧を読む）刻々の気圧を測定、気圧の上昇を確認しながら、天候の好転に望みをかけた。

時計は十一時をまわり、雨域に突入してから二時間にもなる。視界はいぜんとして悪いが、風雨はかなり弱まった。この分だと雨域からぬけるのもちかいだろう。

視界さえ良ければトラック島は見えてくる頃だ。基地までとはいわない、せめて環礁まではたどり着きたいものだ。「残燃料……」と聞くたびに、落ち着け、落ち着けと自分に言い聞かせもした。

『トラック島着予定一二〇〇。基地付近天候知らせ』と、基地あてに打電する。

時間を追いながら返事のくるのをじっと待つ。

『基地付近天候晴れ、視界良好。空襲中』

そんな馬鹿な、こっちは雨の中だ、コンパスでも狂ったか。

「機長、全タンク燃料ありません」

「エンジンの止まるまで飛ぶんだ。飛行機を傾けて、タンクの燃料を吸い上げるんだ」

いよいよ最悪だ。救命胴衣の紐を結び直し、救命筏を引き寄せて不時着の準備にとりかかる。手早く暗号書を機体に縛り付け、撮影ずみのフイルムを服のポケットにしまい、胸の拳銃を確認した。

付近に船はいないかと見張るが、味方の船のいるはずもない。もう精根もすり減らし、頭から血の気が引いていくようだ。今度こそはもう駄目だ。神にまで見放されたか。俺の人生もこれまでだ。生をうけて二十年と六ヵ月か……。

不時着を覚悟し、電文を打とうとした時、

「環礁、環礁が見えた！」と、前席から叫び声。

瞬間、右翼の下に白波がくだける環礁の一部が見えた。

「やったー、助かった」

急に視界がひらけ、眩いばかりの太陽が目に飛び込んできた。懐かしい春島が見える。夏島も、楓島も……。涙が出た。航法に狂いはなかった。

「あとは泳いでも島まで行けるぞ、ばんざーい」

環礁内の海面は静かだ。対空砲火の白い煙がいくつも見え、その中をゆうゆうと遠ざかる敵の編隊が見えた。

エンジンは基地までとどけとばかり快音を響かせて回っている。人間は心配が度を越すと、駄目だという先入観で燃料ゲージまで見誤ってしまうのかもしれない。が、いまは問答している余裕もない。早く着陸したい。

味方の戦闘機は次々と着陸し、基地上空は静けさをとりもどしたようだ。

燃料切れをハラハラしながら、予定時刻ピッタリに春島上空にたどり着くことができた。

「脚の安全ランプがつきません」

いやはや、最後まで困ったことが続くものだ。地上に確認を依頼するため『脚が出ているようなれば、旗を振ってもらいたい』としたため、報告球を投下した。ややあって、出迎えの人の帽子やシャツが一斉に振られる。

十二時、無事着陸。回り続けたエンジンも大きく身ぶるいして、その動きを止めた。

燃料は、ほとんど底をついていた。その瞬間、目頭が熱くなった。

中村司令はじめ、春島の日本人全員が万歳万歳で迎えてくれた。先陣を大成功で飾ったことで隊員の士気も一段と上がり、大変なものであった。

「挺身偵察よりただいま帰りました。成果、ツラギ……。フインシュハーヘン……。アドミラルティー……。人員機体異常なし」

長い報告だった。

司令は終始緊張ぎみで聞いておられたが、終わるとにっこりとされ、

「よくやった。ご苦労だった」

と言われた。なんども大きくうなずきながら報告を聞かれる司令に、無限の情味を感じた。

「素晴らしい成果を上げてくれて、わが部隊の士気もおおいに上がった」

と、私の肩を叩いてねぎらってくれて、私の目の球の黄色いのを心配しておられた。私は、

黄だんにかかっていた。またしても突き上げてくる喜びを嚙み締めていた。

報告を終え、拳銃の弾を抜いたとき、長い緊張から解放され、本当にこれで終わったのだという実感がわいた。飛行機の側にたたずみ、エンジン部を軽くさすっていた。

その夜、司令部の防空壕に呼ばれ、中村司令の立ち会いで連合艦隊司令長官・豊田副武大将からの個人感状の電報と短刀一振りを伝達された。短刀は、機長の私から森田上飛曹へ感謝の気持を込めて受け取ってもらった。彼の目にも、共に死を乗り越えたことへの熱い涙があった。

絆の重み

三ヵ所の敵泊地では、それぞれに特徴のある偵察行動となった。ツラギの高高度偵察、フインシュハーヘンの奇襲偵察、アドミラルティーの超低空偵察と、いずれも文字どおり、身を挺しての死と向かい合ったものだった。

その成功のかげには、前進基地の方々の絶大な協力があったことを忘れてはなるまい。そして、良きパートナーに恵まれたことも。

この挺身偵察では、一二一空の精鋭「彩雲」偵察機がテニアン島から飛来し、メジュロ方面の偵察に出撃したが、その乗員に私の特練での教官だった酒井重男飛曹長が加わっていたことに意を強くした。

「彩雲」は、スピード、航続距離、高高度性能のいずれも「彗星」を上回っており、操・

「あ号作戦挺身偵察」を成功させ、無事トラック島に帰還した森田繁夫上飛曹（左）と著者のペア。昭和19年５月31日、春島に着陸直後に撮影

偵・電の三人乗りで見るからにスマート、「空飛ぶ万年筆」のようだ。「彩雲」を見学しながら、

「こりゃすごい、『彗星』など、とても足下にも寄れんぞ」というと、

「そんなことはない。他人の嫁さんはよく見えるだけのこと。『彗星』だって、立派に任務を果たしているじゃないか」

と、側にいた一二一空の千早猛彦少佐に慰められた。

つぎつぎと新型の飛行機が誕生することに、銃後の科学者たちの研究に対して、敬意を表したい思いであった。

挺身偵察はその後、「彩雲」偵察機でメジュロ偵察三回、二式艦上偵察機でクエゼリンとブラウンとアドミラルティーへそれぞれ一回、零式艦上戦闘機でアドミラルティーへ二回、潜水艦搭載の水偵でメジュロへ一回と続いた（147ページ「挺身偵察の一覧」を参照）。

戦争とは、激しい命のやりとりである。古い人も新しい人も入り乱れて死んでいく中で、窮地に追い込まれながらも未だ運命に見放されずにいるのは、ただ幸運としか言いようがない。自分にもいずれ見放される日が訪れよう。

情勢を自分なりに分析してみると、敵は包囲網を形づくっているように思える。だが、その目標はトラック島か、グアム島か……。身近に迫っていることだけは確かだ。

二十隻以上の敵空母に包囲され、日本の生死を分けるマリアナ沖海戦が待ち受けていようとは、この時点で誰が知っていただろうか。

奥宮正武著『機動部隊』によると、ラバウルを基地とした挺身偵察について「ラバウル将兵の戦局に寄与しようとする熱意とその健闘に涙した」と記している。また、「数次にわたる飛行偵察の結果、米機動部隊主力の前進根拠地が、メジュロ島であることを確認することができたほか、敵の動きが活発であることを示す通信諜報と相まって、戦機のいよいよ迫るのを覚えた」と。

六月十日、連合艦隊司令長官は全軍に対し、『あ号作戦決戦準備』を下令した。

十一日、サイパン、テニアン、ロタ、グアムは敵艦載機の攻撃を受けた。

十五日、『あ号作戦決戦発動』。三度目の「Z」旗が、各旗艦の檣頭に翻ったのである。

この偵察行動で心に深く感じたことは、孤立状態の最前線にあって、なお人間性を失わない将兵の姿と、指揮官を中心に一丸となって戦っている絆の重みである。

挺身偵察の一覧

（秦郁彦著『太平洋戦争航空史話〈下〉』冬樹社より）

日付	部隊	使用機	機長	経由と目標（太字）	成果
5月28日	151空	彗星	田中三也上飛曹	トラック→ブイン→**ツラギ・ガダルカナル**→ラバウル	A×1、A'×2、B×4、C×5、T×86
5月30日	同	同	同	ラバウル→**フインシュ**→ラバウル	D×3、T×16
5月30日	121空	彩雲	千早少佐	テニアン→トラック→ナウル→**メジュロ**→トラック	停泊中＝A×3、A'×2、B×3、C×3、D×10、T×2、K×16 出港中＝A×2、B又はC×3、D×8
5月31日	同	彗星	後藤義男飛曹長	トラック→ナウル→**クェゼリン**→トラック	D×10、T×20、その他30余 V×101
同	151空	同	田中上飛曹	ラバウル→**アドミラルティ**→トラック	A×1、B×1、C×1、その他40 V×150
6月2日	同	同	高森一義飛曹長	トラック→**ブラウン**→トラック	C×2、D×1、T×20、V×80
6月5日	南東方面艦隊	零戦×2		ラバウル→**アドミラルティ**→ラバウル	A×1、B又はC×2、D×3
同	121空	彩雲	長嶺公元大尉	トラック→ナウル→**メジュロ**→ポナペ→トラック	A×6、A'×8、B×6、C×8以上 D×16以上、T×24
6月9日	151空	彗星	瀬崎上飛曹	トラック→ラバウル→**アドミラルティ**→トラック	B×1、C×3、D×23、T×22、 V×135
同	121空	彩雲	千早少佐	テニアン→トラック→ナウル→**メジュロ**→トラック	D×2、T×1、大発×10余
6月12日	南東方面艦隊	零戦		ラバウル→**アドミラルティ**→ラバウル	A×6、B×10、C×25、D×10、 T×90
同	イ－10潜	水偵		**メジュロ**	T×1

略語：A＝正規空母、A'＝特設空母、B＝戦艦、C＝巡洋艦、D＝駆逐艦、T＝輸送船、K＝タンカー、V＝飛行機

ソロモン方面の挺身偵察行は半世紀以上たった今も、私の心に焼き付いたままで鮮やかによみがえってくる。若き日のあの閃光のような感動は、終生忘れることはないだろう。

第六章　再起——一四一空開隊

さらばトラック島

昭和十九年五月頃、ソロモン方面の日本軍は、そのほとんどが孤立状態に陥り、敵の矛先は次第に内南洋方面に向けられてきた。

六月にはいり、敵のB25やB26といった双発中型爆撃機によるトラック諸島への空襲は日増しに激しくなった。その攻撃目標は飛行場のある竹島や春島に集中し、補給施設や宿舎にまで被害が出はじめた。二式艦上偵察機に空中爆弾（三号爆弾）を抱き、敵の編隊に立ち向かった高森飛曹長の活躍は凄かった。

六月十一日、十数隻の空母からなる敵の大機動部隊が、トラック諸島を素通りし、グアム島方面に押し寄せてきた。

一五一空偵察隊は、敵の全貌をとらえるべく二機を出撃させた。だが、二機とも敵発見を打電したまま帰ってこなかった。その翌日、あの挺身偵察でソロモン諸島を飛び続けたわが愛機も遂に大空に散っていった。

もちろん、在トラック島の攻撃機も全力を振り絞り飛び立っていった。そして、そのすべてが放たれた矢のごとく、帰ってはこなかった。その空しい悲しみに身を切られる思いがした。

ところで、内地へ飛行機を取りに行った士官たちは、三ヵ月たっても姿を見せず、ただ気をもむばかりだった。飛行機を待つ司令の心中を察し、腹立たしさすら感じていた。

トラック島の艦隊泊地は、一年前の華やかさはまったくなく、マストだけの沈船が所々に見える。ある日、そのマストを縫うように潜水艦が一隻入港してきた。

「オーイ、潜水艦が入港したぞー。銀メシにありつけるかな……」

海岸で陣地構築中の兵隊たちの視線が潜水艦にすい寄せられる。いよいよトラック島も潜水艦による食糧輸送に頼るようになったか、と先のことが思いやられた。

六月二十日頃、飛行機の保有ゼロとなった一五一空偵察第一〇一飛行隊は、新しく飛行機を補充するため内地に人員を送ることになり、その人選が行なわれていた。

帰国の方法は潜水艦に便乗するものであって、グアム島付近の敵との交戦は当然である。人選も気になるが、「空で散るか」「海底深く眠るか」、夕食後、カンテラの周りに集まって縁起でもない話に花が咲き、「コックリさん」の占いも始まった。

翌日、隊長から帰還者の発表があった。操縦員七名、偵察員八名、整備員三名、計十八名である。残留の搭乗員は、隊長菅原少佐、下士官福井上飛曹ほか柴田、中馬、松浦、吉井、須賀本の各兵曹。

帰る者と残る者、たがいに堅い握手で別れを惜しんだ。その時点では、どのような運命が待ち受けているか誰も分らない。ただおたがいに武運の一日も長いことを祈るのみだった。

中村司令は、故白鳥少尉の遺骨を私の胸に抱かせて、緊張した私の心をほぐすように、「無事を祈る」と静かに一言いわれた。私は「必ず帰ってきます」と、こみあげる涙を押さえるだけで声にはならなかった。

水深八十メートルの恐怖

巡洋艦「利根」の零式水上偵察機に乗っていた頃、よく哨戒任務についていた。トラック諸島へ入港する戦艦「大和」の前路哨戒をしていたとき、艦隊の針路上に敵潜水艦の潜望鏡を発見、四発の対潜爆弾を見舞ったことがある。

いまその海域をまったく逆の立場で通過するわけだ。潜水艦での航海は初めてであり、とまどいはあったが、潜水艦の性能を知るのにいいチャンスでもある。

乗艦してすぐ出港の合図があり、艦はブイを離れた。でも、甲板に出ることは許されず、周りの島々を見ることもできない。もう二度と陸を拝むこともないかもしれない。

一抹の寂しさと着馴れぬ和服のぎこちなさを感じながら、狭いカイコ棚のような寝床での生活が始まった。便乗者として、潜水艦乗員のじゃまにならないように心掛けた。

乗員からいろいろと艦内生活の注意があった。とくに水中脱出法は死活問題だけに興味があった。また、タバコを一本もらったときは飛び上がるほど嬉しかった。まともに一本吸えるなんて何ヵ月ぶりか？（戦地でよくやっていたタバコの吸い方を紹介しよう。タバコを直接口でくわえず、薬指と中指のつけねに挟み、軽く手を握り、親指のつけねから吸う。一息ずつ回しのみをする）ただし、潜水艦では、浮上航行中も艦内禁煙で、五名ずつ交代で司令塔に上がって喫煙していた。

航海中でも勤務の配置がなく、仕事がないということは、まったく辛いことだった。あるとき、浮上航行中だったのでたまには外でも見ようと思い、司令塔のハッチの下で出る順番を待っていた。そのとき、けたたましく「急速潜航」の合図があって、外にいた見張員が垂直のハシゴの手すりを両手だけで滑り落ちてきた。危うくつぶされそうになったが、その速さに日頃の訓練の厳しさを感じた。

二、三日して、潜水艦の位置はグアム島にかなり接近しているらしく、敵の飛行機を発見したようだった。危険な海域に入っていることは確かだ。片時も気を許せない。

艦内では運動不足で、そのうえ空気も悪く、ことに潜航中の暑さにはまいった。じっとしていても体力の消耗はひどい。ただ忍の一字で耐え、潜水艦乗りの苦労を味わう日々が続いた。

日没近い頃だったろうか、私はそっと発令所を覗いてみた。艦長の操作する潜望鏡は、敵のレーダーを警戒してか、しきりに昇降を繰り返している。珍しさもあって、その様子をしばらく見ていた。潜望鏡って長いもんだなー、というのが実感だった。

急に潜望鏡の動きが止まり、一点を見つめているようだ。何か獲物を見付けたらしく、室内の動きが急に激しくなった。

「魚雷戦用意」の号令が狭い艦内にひびいた。いよいよかとたがいに顔を見合わせ、発射の瞬間をまった。

「発射」――軽い発射音とショックを残して魚雷は飛び出した。

連続発射による攻撃の手応えは充分にあったようだった。

敵の反撃を避けるため急速潜航を開始した。安全深度ぎりぎりの八十メートルまで達した艦は、圧壊寸前の状況だ。機械を停止しているのか艦内はまったく静かだ。

沈黙が続く。今までに経験したことのないようなものすごい恐怖が私を襲ってきた。

「危険が待っている」と、答えてくれたコックリさんの占いがチラッとよぎる。

沈座して数分、聴音器にて敵を探知、「敵艦が接近してくる」との伝令があった。

「爆雷防御」の指示とともに「感二近づく」……緊張が高まる。

音源が感三、感四、感五と、次第に大きくなり、迫ってくる敵のスクリュー音が心臓音のように聞こえる。敵艦は爆雷攻撃のコースに入ったらしい。連続四発は来るだろう。

一発目が爆発した。かなり遠いが振動が伝わってきた。こちらは何の手出しもできない。

私は時計の秒針で爆雷投下の間隔を測りながら、じっと奇跡を祈るだけだった。

二発目はずいぶんと近く振動も大きかった。問題は次の一発だ。目と耳を覆い、頭を下げてジーッと恐怖に耐え、秒読みを始める。

あと五秒、四、三、二、一。ガーンと、頭をなぐられたような響きとともに地震のときのように艦は大きく揺れ、ほこりが宙を舞った。「もう駄目か」誰の顔もひきつっていた。乗員の数名があわただしく後部へ飛んでいった。一瞬、艦内の電灯が消えた。だが、何がおきたか知らされることはなかった。

四発目の炸裂音は確かに反対側だった。

「よーし、もう大丈夫」と、仲間の誰かがわかったようなことを言って一同を安心させた。第一回目の攻撃で、後部付近に浸水があったが応急処置でことなきをえたようだった。運良く一難去ったが、敵に探知されていることは確かだ。米軍はなかなか諦めないと聞いているだけに第二回目が怖かった。

いつもは攻撃側だが、今度だけは受け身の爆雷攻撃で、その炸裂音が腹にこたえた。敵は反転を繰り返し、数回にわたり攻撃してきたが、ようやくあきらめたようだった。

「両舷前進微速」

われわれはただ棺桶の中に座っているようで、艦の動きはよく分からないが、退避を始めたようだ。誰の顔からも、恐怖の色が消えかけていた。

潜水艦の潜航可能時間は四十時間と聞いていたが、もしこのまま浮上できなかったらと考えると、急に飛行機が恋しくなってきた。

「メーンタンク・ブロー」

浮き上がれ――なんと聞きごたえのある号令だろう。

戦場からかなり離れ、再び浮上したのは真夜中だった。乗組員は戦闘配置から通常の配置にもどり食事をとった。

それ以来、肝をつぶすようなこともなく航海が続いた。

出港して十日ぐらいたった頃、便乗者へ外に出るように指示があった。待ってましたとばかり、つぎつぎと艦橋に飛び出した。なんと明るいことだ、曇りだったがしばらくはまともに目が開けられなかった。

「あっ、陸だ、山だ」「九州だ」と聞いて飛び上がる思いだった。半年ぶりの祖国の山並みも涙でかすみ、生きて帰れたことがなんとも嬉しかった。でも、爆雷攻撃を受けたあの鮮烈な印象は、生涯忘れることはできないだろう。

潜水艦は、九州の東側日向灘を北上、無事に別府湾に入港し、錨を下ろした。

われわれ便乗者は即日退艦、別府で一泊し、陸路を行くことになった。

息の詰まるような厳しい航海だったが、潜水艦の方々には感謝の思いで一杯だ。

潜水艦の艦長は、われわれを無事に運び終わったことにホッとされたようで、潮風にやけた顔一杯に笑みをうかべておられた。

そして一言、「君たちは金の卵だものな」と。

懐かしの横須賀へ

潜水艦乗員との別れの挨拶もそこそこに、ただ一刻も早く内地の土が踏みたかった。

トラック島から潜水艦で帰国した一五一空の隊員たち。前列左から小品、安藤、太田、木間塚、高森、保科。２列目左から若林、著者、長田、瀬崎、中村。３列目左から伊沢、森田、福富、大野、青木、他一名。このとき佐藤は写っていない。昭和19年７月、横須賀航空隊にて

別府の桟橋に足をかけたとき、飛行靴の底がはがれパクパクと口が開くのに気が付いた。

遺骨を首にかけ、よれよれの汗臭い防暑服を身にまとい、ぼろの飛行鞄を下げた姿は敗残兵そのものだ。でも心配していた街の様子は平和そのものでホッとした。まず温泉につかり汗を流すことになった。

だが、トラック島に残してきた連中への後ろめたさが先に立ってどうもいけない。一風呂浴びて、ようやく帰ってきた実感がわいた。

残留組の安否を気遣いながら横須賀への列車に乗り込み、車窓からの風景もそこそこに、無心に眠り続けた。

車中では、戦地の話はかたく禁じられていた。二度と日本の土を踏むこと

はないと思っていただけに感激はひとしおだった。そして新聞をむさぼるようにして読んだ。

大船で横須賀線に乗り換えた。機密保持のためか軍港の周辺は板塀で囲まれており、車窓からはなにも見えなかった。でも、軍港特有の重油と潮風の匂いが懐かしく感じられた。ジリジリと照り付ける真夏の日を受け、「たどりついた……」といった感じで、横須賀航空隊の門をくぐった。

隊内は、戦時下の緊張感はあるものの、命を振り絞って生き抜こうとした戦地のそれとは一歩も二歩も後退しており、心の焦点も合わせにくかった。

内地へ飛行機を取りに来ていた立川大尉、高田飛曹長に会った。私は挨拶もそこそこに、「トラック島では、飛行機の来るのを首を長くして待っていましたよ」と、ぶしつけに内地の様子を聞いてみた。上官に対する言葉づかいは守ったが、中村司令の代弁のつもりでもあった。

「前線への飛行機の補給も大切だが、部隊再編成のため飛行機を揃えねばならぬ」と、あっさりとかたづけられた。部隊の再編は、作戦上さして珍しいことではないが、トラック島の司令や仲間のためにも一矢を報いたい気持で一杯だった。

このとき、内地へ帰還できた搭乗員は次のとおりである。

木間塚、高森、田中、大野、福富、保科、瀬崎、長田、森田、小品、中村、伊沢、青木、佐藤、若林、と整備員三名（太田、安藤、他一名）

偵察第四飛行隊の誕生

戦局の推移と作戦・人員の立て直しのため、部隊の編成替えが行なわれた。

昭和十九年三月十五日、第一四一航空隊が開隊し、偵察第三飛行隊（隊長・武田茂樹大尉）が配置されて、すでに鈴鹿第二飛行場に展開していた。

七月十日、基地航空隊の改編があり、われわれ偵察一〇一飛行隊の所属していたトラック島の第一五一航空隊が解隊された。もちろん飛行隊も同じ運命だった。

このため、トラック島から引き揚げてきたわれわれが主体となり、他の部隊からも合流して新しく偵察第四飛行隊を編成し、第一四一航空隊に配置されることになった。一四一空には偵三と偵四の二つの偵察飛行隊ができたわけである。

横須賀航空隊に着隊したわれわれは、身なりを整え、鈴鹿航空隊へ急行した。鈴鹿基地では、偵三が九九式艦上爆撃機と彗星偵察機を使って若手搭乗員の錬成中だった。

われわれ一行は、偵四の先着の連中に迎えられ、早速偵四隊長立川大尉のもとで陣立てが行なわれた。一四一空司令は、旧一五一空司令・中村子之介その人である。飛び上がるほど嬉しかった。だが、司令はトラック島だ。ご無事で帰ってほしいと祈る。

偵四の搭乗員は士官九名、下士官三十名の偵察隊にしては大所帯である。作戦上、敵情偵察を重視していることがうかがわれる。

偵三との交流に、私は部下の数名と偵三の搭乗員室へ挨拶に出向いた。部屋に入るや、

「よー、三チャンじゃないか」

聞き慣れた声だ。特練同期の船津農夫木知《のぶきち》上飛曹だった。

「やー、トッチャンしばらくでした」

「三チャンよーく生きてたな、よかったよかった」

恋人にでも巡り会ったみたいに抱きついたまま、たがいに背を叩き合った。先任下士官同士のあまりにも激しい再会ぶりに、周りの連中は唖然としていたようだ。

船津兵曹は偵察特練の同期で、半年前に別れたばかりだが、一五一空（ラバウル）に行けば三日と命はないと言われていただけにびっくりしたのだろう。

彼は、私より兵役は古く大先輩だが、同期生のよしみで親しくしていた。そこは海軍の良いところかもしれない。偵三にはもう一人特練同期の伊藤国男飛曹長がいて、また賑やかになりそうだった。

私は、搭乗員三十名もの部下を持つことになり、ようやく飛行機乗りの信条が身についてきた。若手の錬成もあって、張り切らざるをえない羽目になったが、特練教育と戦地での経験が、なんとなく自信めいた気持を持たせくれていたのだろう。

その翌日、一同を前にして今後の訓練の心構えを話し、国土を守る信念と勇気を鼓舞するため軍歌を高々と歌い、一日も早く第一線に立つことを誓った。

陽射しの強い日だった。一同打ち揃って伊勢神宮に参拝し、飛行の安全と武運長久を祈り、偵察第四飛行隊の誕生を祝った。そして、若い青春を戦い抜いた証しにと、鳥居の前での記

昭和19年８月、伊勢神宮に参拝した一四一空偵察第四飛行隊の隊員。同隊はトラック島から引き揚げた偵一〇一の隊員が主体だった。後列左から３人目が著者

昭和19年8月、鈴鹿第二基地で著者の指導で天測訓練中の偵四の搭乗員。一番手前左向きが伊沢、その左で気泡六分儀を持つのが大野、右は中村。後ろに立っているのは左から瀬崎（「航空天測表」を持つ）、長田、吉盛、小品、多根、その後ろに松田。後列は左から遠藤、著者、中野、油野、中島

念写真に納まった。

「彗星」での錬成始まる

真夏の飛行場は焼けつくようだ。

ある日、訓練飛行中の偵三所属の「彗星」から、脚故障の知らせがあった。海上に不時着かと思われたが、一同の見守る中を滑走路に胴体着陸し、一瞬にして猛火に包まれた。燃えさかる中から、二人（武田大尉、伊藤飛曹長）が転げるように飛び出してきた。

「飛行服が燃えている」「消してやれ、はやくはやく……」

飛行眼鏡と首に巻いたマフラーのおかげで顔の火傷は最小限に食い止められ、アイヌの人の入れ墨のような跡がクッキリと残ったが、奇跡的に助かった。機銃弾を積んでいなくてよかった。「彗星」は、胴体内に燃料タンクを抱いているので特に火災は怖かった。

この時点での偵察機は、二式艦偵に代わって同型で性能をアップした機種が採用され、その名を「彗星偵察機」と呼んだ。私は、なんの抵抗もなく乗り換えることができた。

十九年九月、第二航空艦隊の九州展開に合わせて、一四一空も都城基地へ移動することになった。

都城の滑走路は、原っぱにローラーをかけた程度のもので、指揮所にはテントが三張りと吹き流しだけの、前進基地といった感じだった。

宿舎は、近くの国民学校の教室を借り受け、訓練の合間には子供たちとキャッチボールに興じ、童心に返ることもあった。

午前は飛行訓練、午後は座学（敵の艦型・機種識別、通信、天測、写真、航法、偵察、整備等）で、特に飛行場ではどなり声にまじってビンタも飛んだ。でも、偵三・偵四の錬成中の搭乗員たちは、たがいに腕を競い合った（機上における偵察員の無線技量の目標は、一分間に送信七十字、受信八十字であった）。

この頃、南方の敵の動きが活発となり、一四一空が実戦配備につくことになった。偵三は沖縄の小禄基地へ、偵四は鹿児島県の鹿屋基地へと「彗星」五機がそれぞれ進出していった。機種はすべて新型の「彗星偵察機」を使用した。

残された若手の錬成もますます気合いが入った。

「注意されたことはすべて吸い取ってしまえ、それが戦いの腕となるんだ」

いよいよ錬成教育も仕上げの段階に入った頃だった。学徒出陣の操縦・偵察の数組が一四一空に赴任してきた。ピカピカの少尉の階級章が人目を引いた。さっそく錬成の日程が組まれ、戦う仲間が増えたことに心強くも思った。

二ヵ月たらずの期間だったが訓練の成果も上がり、内容も「彗星」の操縦、索敵法・局地偵察法・写真偵察法・緊急時の処置法と進み、特に実戦談となると一同真剣なまなざしで聞き入っていた。

福ちゃんとの再会

九月下旬のある日、しばらくぶりの来客があった。

「やあ、やあー、しばらく。どうかな……」と、軽い調子で服装もまちまちな来客があった。

トラック島に残してきた福井上飛曹以下六名の仲間が、足取りも確かに都城に帰ってきてくれたのだ。

抱きつくようにして肩を叩き合う。四ヵ月ぶりの再会であった。半ばあきらめていただけに喜びが込み上げてきた。

「錬成中か、若い連中はどうかな」

福井上飛曹は彼らしい口調で胸をはったところなど少しも変わっていない。まずは安心だ。

「うん、うまくなったぞ。そのうち出陣だ」

「どうにか内地に帰ることができたし、少しはのんびりさせてもらうよ」

「たいへんだったね。まあ、ゆっくり休んでくれよ。ところで、司令はどうされたかな」

「うん、少しは弱られたが、別れた時は元気だったよ」

つもる話は山ほどあって尽きることをしらない。

トラック島では陸戦隊に編成され、陣地構築に汗を流す毎日だった。少量の芋粥でどうにか生きてたってところだ。八月下旬、トラック島に飛来した一式陸上攻撃機に着の身着のまま飛び乗り、フィリピンのダバオに飛んだ。ダバオからは飛行艇の便を待って内地に帰ったのだと、その時の模様を話してくれた。

司令と隊長が健在と聞いてホッとした。いつの日か会えることを祈った。

十九年九月、パラオ、ヤップ、ペリリュー島が敵機動部隊の攻撃を受け、十五日には敵が上陸してきた。その後、フィリピン方面への敵機の来襲が盛んとなり、二十一日には延べ四百機の艦載機の激しい攻撃を受け、かなりの被害が出た模様だった。

一服の涼風

戦地にいた頃は、「もし内地に帰れたら」ああもしたい、こうもしよう、と考えていた。だが、なにひとつできずに、ただ慌ただしい日々が過ぎていった。

また、このまま戦地に行くなら「せめて家族にひと目でも」と、思ってみたが許されることではない。それがだめなら、一日も早くトラック島の司令のもとに行きたい。そんな気持で一杯だった。

「先任下士、だいぶん疲れているようだな。霧島山のいい空気でも吸って、ひと風呂浴びてきたらどうかな」

「ええ、ほんとうですか」

立川隊長の言葉に耳を疑った。天から降ってきたような話だ。せっかく我慢していた里心に火がついてしまった。

善は急げと、特別外出許可を申請し、旧一五一空の戦地帰りの者が、今生の思い出に一泊で出かけることになった。

暑い盛りだったが、焼酎の差し入れもあって、心ゆくまで飲み、戦いを忘れた楽しい小さな旅だった。「もう、いつ死んでもいい」そんな気持にさせられた旅だった。

霧島温泉での写真には、なぜか福井上飛曹の姿はない。

台湾沖の悲劇

十月十一日、寝入りばなを叩き起こされた。戦地ではよくあることだが、サイレンが鳴っていないから空襲でもない。「なんだろう、いまごろ」と、ぶつぶつ言いながら整列した。まもなく当直士官から命令の伝達があり、内容は次のようなものであった。

「敵は日本本土に接近の模様である。偵三、偵四の搭乗員は直ちに鹿屋基地に急行せよ」

手配されたバスに乗車し、灯火管制中の夜道を鹿屋へ向かった（当時のわれわれの荷物は、衣類と身の回りのこまごました物をいれた落下傘用収納袋一つと、その他に飛行するための用

昭和19年夏、霧島温泉で1泊の休暇を楽しむ旧一五一空の隊員。前列左から高森、大野、著者、中島。後列左から佐藤、高田、伊沢、吉井、渡辺、木間塚、松浦、若林

具がある程度で、身軽なものだった）。

車中ではぐっすり寝込んでしまい、時折大きい揺れを感じたぐらいで途中のことは記憶にない。

夜明け頃に鹿屋基地に着いた。本土南端の海軍の飛行場だけあって広さは群をぬいている。朝靄の中に、大型攻撃機（一式陸上攻撃機）のT部隊が飛行場狭しとばかり翼を休めていた。心強い光景だ。

すでに作戦任務についていた偵四の仲間からの最初の言葉は、森田上飛曹の戦死だった。作戦試飛行中の事故だけに惜しまれてならない。あ号作戦挺身偵察のペアだった彼の遺品を手にして、ソロモン方面での活躍をしのぶほかなかった。

十日には敵機動部隊が沖縄に接近し、島々に空襲をかけ味方に損害を与えたようである。十二日は、前日に続き夜明け前から味方の陸攻、「銀河」による索敵攻撃が開始され、台湾方面からも多くの攻撃機が出撃していった模様である。だが、敵のレーダーの前には未帰還機が続出というありさまのようだった。

午後になって、第一次索敵として偵四の「彗星」六機（一個分隊）が、扇形の索敵線上へ出撃していった。このとき私は、第二次索敵の待機の姿勢のまま、偵四のフィリピン進出の準備と鹿屋基地撤収の仕事に追われていた。

「敵水上部隊見ゆ、地点……」と、偵三（小禄基地）の索敵機から入電があったのは、偵四の第一次索敵隊が発進して間もなくだった。飛行中の全機が傍受したであろう。敵の全貌がつかまることを期待して、第二次索敵の出発準備にとりかかった。

気象情報によると索敵海面は曇りで視界は悪いようだ。味方の索敵機は、敵のレーダーを警戒し、飛行高度を極力押さえ、苦しい行動が続いていることであろう。

二時間ほどたって、索敵機の一機から「われ空戦中」との入電があった。そして、数分おいて別の索敵機からも同じく「空戦中」と知らせてきた。しかし、かんじんの空母の所在が不明である。この間に、味方の攻撃機が次々と離陸していったが、なぜか、第二次索敵隊の発進命令はなかった。

その後、索敵機からの音信はなく、燃料切れの時刻になっても姿を見せなかった。沖縄にでも着陸していてくれればと願ったが、夜がふけてもついに何の連絡もない。それも全機だった。

虎の子の十二名を一度に亡くしてしまったのかと、ガックリと両膝をつき、片腕もぎ取られたような思いであった。

全機が敵戦闘機に喰われたとも思えないが、もう、「彗星」偵察機では太刀打ちできないかと寂しくもなった。

「彗星」は、低空での燃料タンクの切り替えが難しい。過去の経験から、一度エンジンが止まると、かかりにくかったことは確かだった。状況しだいで低高度の索敵もやむをえぬことだが、出撃の時に一言注意しなかったことが悔やまれてならない。

青木、長田、瀬崎、保科、小品、伊沢、若林……。一五一空以来のかけがえのない友を亡くしてしまった。みんな潜水艦で帰ってきた良い連中だったのに、と涙が止まらなかった。「彗星」偵察機による索敵行動は、性能上あまりにも問題が多かった。とにかく、スピードのでる新鋭偵察機「彩雲」がほしい。しかし、それまでは「彗星」で頑張らなくては。

その夜、作戦室では次期偵察機「彩雲」の乗組員の人選が行なわれ、その訓練基地を鴨池飛行場（鹿児島市）とすることが決定された。

私の夜っぴいての残務整理もようやく終わり、不安な一夜が明けた。だが、いぜん一次索敵隊の手がかりはなかった。

朝日を受けた「彗星」の列線では、入念な試運転が行なわれていた。そして、偵四の残り全機（「彗星」四機）に「索敵後、台湾に進出せよ」との命令があり、以後はフィリピンのマニラに進出するてはずだとも指示された。

フィリピンへ

十月十三日、基地撤収の整理も終えて綺麗に片付いた指揮所では、出撃する者、残る者たがいに無念をかみしめ、出撃前のひととき語り合っていた。

「残務整理が忙しくて、親父に手紙を書く間もなかったが心配しているだろうな」と、私は誰に言うともなく口からもらした。これを聞いた中馬上飛曹が、

「先輩、親父さん宛ての手紙は出しておきますよ。内容はまかしといて」と、尻上がりの陽気な言葉で、近況を代筆することを約束してくれた。

「じゃ、頼むね」と、軽い気持で頼み、宛名と内容を走り書きにした（この時の手紙が、私の生涯の伴侶をきめる発端ともなった。彼の友情には今も感謝している）。

私は、分隊長（佐野曙大尉）の偵察員として出撃することになった。特にこの日の出撃は、マニラでわれわれの来るのを待っておられる中村司令に再会できるという大きな喜びがあった。

内地に残る連中は、色とりどりのマフラーを大きく振って別れを惜しんでくれた。またいつの日か会えるだろう。次期偵察機「彩雲」に望みを託し、かすかに火山灰を巻き上げながら離陸した。

煙りたなびく桜島も今度こそは見納めだろう。各機は、発動点佐多岬からそれぞれの索敵コースに乗って南下した。

艦隊乗り組みの零式水偵時代は、戦場は南太平洋のはるか彼方だった。二式艦偵での出撃の時は、戦場はまだソロモン諸島だったのに今度はフィリピンだ。出撃のたびに戦場が日本本土に近付いている。死こそ恐れないが、複雑な気持だった。

濃紺の海に、油の筋が幾重にも交わり、艦艇の動きの激しさが感じられた。もしや仲間が海上の何処かに不時着してはいまいか、と小さな浮遊物にも気をくばる。敵は遠のいたのか、索敵線の先端に至るもその姿はなかった。

私の機は索敵を終え、給油のため沖縄の小禄基地に降りた。飛行場には爆撃の跡が黒く点々とあって、上空には味方の戦闘機が舞い、ものものしい警戒ぶりである。

宿舎に入ったとき、T四と白字で書いた落下傘収納袋が目にとまった。小品一飛曹と書いてある。「生きているんだ」――飛び上がる思いだった。

説明によると、昨夜小品機が着陸し、今朝早く索敵に飛び立ったまま未だ帰らない、とのことであった。残念ながらその後の消息は分からない。

この日、偵三、偵四の彗星隊は体勢の立て直しのため台湾で落ち合った。そして、二日おいてフィリピンのマニラ基地に進出した。

情報によると、四群からなる敵機動部隊は、十一日フィリピンを、十二日には沖縄・台湾を、また、十三日には台湾を、連日五百～一千機が大挙して襲ってきており、迎え撃ったわが方にもかなりの被害が出たようだった。アメリカ側の発表では、日本の飛行機五百機以上、艦艇三十七隻以上を葬った、とある。

敵は洋上はるか遠ざかり、戦いはようやく下火となる。この戦いは「台湾沖航空戦」と名付けられた。

第七章　比島死の攻防

司令との再会

昭和十九年六月のマリアナ沖海戦についで台湾沖でも戦況を有利に運んだ米軍は、十月にはいり、レイテ島の攻略を指示した。

早くも十七日には敵はレイテ方面スルアン島に上陸し、十八日には比島全島の日本軍に対して猛攻を開始した。この比島攻略の敵の大部隊を迎え撃った日本軍は、まさに天王山にあった。翌十八日、日本軍は『捷一号作戦発動』を令し、一大決戦を前に連合艦隊の檣頭に「Z」旗が翻った。

十月二十二日、偵四の「彗星」偵察機三機（隊長・立川惣之助大尉、分隊長・佐野曙大尉等六名）が台湾から比島へ飛び、空襲の合間をぬって、マニラ市のニコルス飛行場に着陸した。

内地の盆踊りを思わせる大きな櫓《やぐら》の戦闘指揮所には、夢にまで見た中村司令の勇姿があった。

出迎えのため階段を降りてこられた司令は、わが子を包み込むようなまなざしで、一人ひとりの手をかたく握り「しばらくだった」「元気でなによりだ」と、四ヵ月ぶりの再会を喜ばれた。

積もる報告はいっぱいあった。トラック島を出てからの潜水艦でのこと、部隊再編成のこと、都城基地での錬成のことなど。話が台湾沖航空戦での戦死者にふれたとき、司令は非常に残念がられ、その潤んだ目には部下への思いがひしひしと感じられた。

偵四の彗星隊は、ルソン島東方とレイテ島、セブ島方面の偵察を受け持つことになり、即日偵察のため一機飛び立っていった。

マニラ周辺への敵の空襲は激しさを増し、一時間おきに防空壕へ避難する始末。そのつど零戦が舞い上がり、地上の対空砲火も狂わんばかりだ。敵に負けるものかとわが方も敵艦艇に対して連日攻撃機を発進させた。

各攻撃隊はレイテ決戦に万全の体制で臨んでいるが、偵察隊とて同じこと。「彗星」は連日の出撃と空襲で整備が追い付かず、徹夜の作業が続く。

この激しい戦闘のさなか、隊長は内地に帰ってしまった。理由は次期偵察機のことのようだったが、その真意のほどはわれわれには分からない。ただ、隊長交代の噂のながれたことは確かだった。

当時の搭乗員たちは、仲間の死を乗り越え、国難に殉ずることを恐れないが、ただ、良い死に場所が欲しかった。私は、中村司令のもとで、大空で見事に散れれば本望だった。

その頃、なんとなく十一月一日を意識しだした。その日はわれわれ同期生の准士官（飛行兵曹長）への進級予定日である。短剣や軍刀を一度でいいから腰に下げてみたい。望みは薄いが、入隊以来のはかない夢でもあった。

「特攻」という名の重み

われわれがマニラに布陣した頃、第一航空艦隊の上層部では、爆撃の効果をより確実なものとするために、二百五十キロ爆弾をかかえての体当たり攻撃が話し合われていた。必死必中の戦法以外に国を救う道はないとの結論に到達したのか、一機一艦の捨て身の戦法が浮上してきた。

零式艦上戦闘機の二〇一空では、必死隊二十一名が選ばれ、「神風《しんぷう》特別攻撃隊」と命名された。

　　敷島の大和心を人問わば
　　　朝日に匂う山桜花

本居宣長の詠じたこの一首から、敷島隊・大和隊・朝日隊・山桜隊と、それぞれ隊名を付けた。

「比島の一角におしよせた敵に対し、戦艦『大和』『武蔵』の世界最大の巨砲を有効に使うためにも是非とも敵空母を封鎖する必要がある」との上層部の一致した意見があったようだ。「当時の飛行機搭乗員たちは、打ち続く仲間の戦死に怒り心頭に発していたことは確かだが、特攻隊志願となると、その心中を察するにあまりあるものがあった」と、ものの記録にあるが、私もまったく同感であった。そして、レイテ決戦へとのめり込んだのである。

「出陣のおり、水筒の水で盃がまわされ『海ゆかば』『予科練の歌』を斉唱し、歌い終わるや、散るようにして愛機に乗り組み次々と離陸していった」と、語られている。

十月二十五日、敷島隊は、わずか五機で空母一撃沈、空母二・軽巡一を撃破の戦果をあげた。二十七日には大和隊も突っ込んでいる。

同じく二十七日には、純忠・誠忠・忠勇・義烈の四隊もマニラのニコルス基地から発進した。これらの成功により、特攻が日常化への道を踏み出したともいえる。

その後も、比島の各基地から多くの特攻隊が発進していった。ニコルス基地は、爆撃の被害で使用できないこともあり、マニラの海岸通りを滑走路がわりに使いだした。

これらの特攻機も全機が成功したわけではない。離陸直後エンジン故障で、魚雷を抱いたまま、かろうじて着陸したものもある。また、成果の不明な機もあった。

今でも心に深く刻み込まれたままの史実がある。それは、爆弾を命中させて機首を引き起こし、直掩の戦闘機に誘導されて帰ってきた特攻機があった。指揮官に戦果の報告を終えるや、再度出撃の命令を受け、休むまもなく単機で出撃していった。その折、搭乗員自ら、爆弾が投下機から外れないように針金で縛っていた。どのような命令のやりとりがあったか知らないが、身の潔白を針金によって示したのであろうか。私はその行動をまぢかに見守っていたが、身を引き裂かれる思いであった。

なぜ、日を改めて命令できなかったのだろうか。「特攻」という言葉の重みをドンとぶつけられたような出来事であった。

彼等を見送る度に、勇ましいということよりも戦争の悲惨さが全身を覆った。

命をつないだ手綱戦法

十月二十七日、レイテの敵情を偵察のためニコルス基地を飛び立った。夜が明けたばかりの基地周辺は、まだ静かだった。

レイテまで三百浬、二時間はたっぷりかかる予定だ。状況の入手を急ぐためレイテへ直行することにし、断雲が浮かぶ中を敵機と遭遇することもなく飛び続けた。

「よー、田中くん、今日は死ねないぞ。よく見張ってくれ」

操縦の佐野大尉（分隊長）も部下の進級を気にかけておられるようだった。あと五日間だけ生き延びたいところだ。

敵の警戒区域に入る頃から天候が次第に悪くなり、視界もぐんとおちてきた。

レーダーと戦闘機を避けるため低空で接近し、後席の戦闘準備にかかった（機銃を準備し、カメラと無線機を確認し、前席との連絡用の手綱をとりつける）。

「下を見て……」分隊長の声に、ひょいと下を覗いた。

「いやー、凄い」戦車をまじえた激しい砲火の応酬が手に取るように見えた。雲の切れ間から見る限りでは、どちらが敵か味方かよくは分からないが、わが陸軍部隊がかなりの苦戦を強いられていることが予想された。

いよいよめざす海面が現われた。そこには驚くほどの数の大小さまざまな船が停泊していた。その状況を撮影していたときだった。

「戦闘機」と叫ぶ声に、ひょいと上を見ると、ちらっと機影が見えた。

「雲へ、雲に」と、とにかく身を隠すことが先決だ。

機銃の引き金に左指を掛け、手綱を口にくわえる。まだ敵には気付かれていないようだ。目玉をキョロキョロさせて周囲を見張り、後ろを見た時だった。左後方から、すでに射線に入っている一機があった。おもわず左の手綱を引く。機は左へ横滑りし、敵弾が右翼端をかすめた。一瞬のうちに辛うじて一撃をかわした。

機銃で応戦しながら、右手で無線のキイを叩く。

『ククク〈自己符号〉レイテ』（われ空戦中、地点レイテ）を発信する。

ほっとわれに返り、体勢を立て直す。しかし、敵は執拗に迫ってくる。このままでは勝ち目はない。

「洋上に出よう」――意見は同じだった。手綱戦法で「右だ、左だ」と、敵の射線をかわしながら海面を這う。曳痕弾が翼の上をかすめる中を東に向けて全速で飛び続けた（佐野大尉は口数の少ない落ち着きのある方で、それでいて、非常に機敏なところがあった）。

陸地からかなり離れた頃だった。

「前方、敵の水上部隊だ」

予想はしていたが、百を数えるほどの大輸送船団が現われたのには驚いた。護衛の駆逐艦からの対空砲火が盛んに光っている。前後左右すべてが敵じゃ逃げようもない。そのとき、半年前の挺身偵察のアドミラルティーでの状況が脳裏をかすめた。

「敵の船団の間に突っ込みましょう」

胴体が海面につくくらいまで高度を下げた。その時点では、敵の戦闘機の姿はなかった。

『敵大輸送船団見ゆ。地点レイテ島の東五十浬』と、敵発見の電報を打ち終わる。

カメラを構えた時、艦艇からの砲火は止んだ。「しめた」夢中で両側の艦艇の写真を撮り続けた。終わってほっとしたときだった。

「ドドッ」と、エンジンが息をついた。燃料系統の故障のようだ。

「あっ、左翼から燃料が漏れてます」

よく見ると、右翼にも弾痕がひとつあった。

「タンクが打ち抜かれたようです」

空のタンクだと火を吹くところだったが、まったく奇跡的に助かった。しかし、燃料の減ったぶん飛べる時間は少なくなった。船団の後方には航空母艦が控えているだろうが、捜す余裕はない。とりあえず陸地に近付くことにし、北西に進路をとった。

しばらくして、基地から入電があり、攻撃隊の発進を知らせてきた。その目標は、輸送船より航空母艦であろう。「たとえ洋上に不時着してもいい、空母の発見に努めたい」と、誰しもそう思うところだ。進退に窮してしまった。

「もう少し捜そうか」と、気を取り直して反転してみたが、エンジンの調子は依然として悪い。燃料の漏れは止まったが、今度は機体に軽い振動を感じだした。

「よし、帰る」

絞り出すような機長の声だった。断腸の思いであろう。

残りの燃料では、欲目に見てもマニラまでの半分も飛べない。

「マニラまではとても無理です。レガスピーへ向かいましょう」

敵戦闘機との接触を避けるようにして陸地に接近し、燃料ぎれ寸前にレガスピー基地へ滑り込むことができた。

司令の待つ基地に帰りついたのは、マニラ湾にちょうど夕陽の沈む時刻だった。

その日の攻撃でかなりの成果をあげたようだったが、偵察機として、空母の発見に力を発揮出来なかったことが悔やまれてならない。

同期の特攻を見送る

昭和十九年十月も押し詰まった頃、偵四は連日索敵機を飛ばし、獲物を捜していた。それも小物より大物の空母が目あてだった。

ある日、空襲で街に避難していた時だった。ある攻撃隊の搭乗員から、九九式艦上爆撃機

（九九艦爆）の特攻隊員に、同期生の伊藤立政君がいることを教えられた。

「え、ほんと」――その場に立ち尽くす思いであった。

神風特攻隊の宿舎は、マニラ市の海岸通りにあって、椰子の木に囲まれた白壁の建物である。急いで面会をもとめた。

「よー！　田中じゃないか、元気か」

伊藤君はニコニコしながら防暑服姿で現われた。三年ぶりだが相変わらず鼻筋がとおって男前だ。同期生のうちでも一、二の美男子だった。予科練では彼が五班で私が七班。飛行練習生（鈴鹿航空隊）も一緒で気心の知れた仲だった。

小さなマスコットを腰にぶら下げ、日焼けして元気そのものだった。しばらくの間は彼の胸を揺さぶったであろう特攻への心情は、そのかけらも察せられなかった。いずれは全員が散っていくだろうが、彼を見た瞬間、なんと言って励まそうか迷ってしまった。

「同期の連中はどうしているかな！」と、彼がきりだした。

「半数ぐらいになったろうな。水上機じゃ中井（恭哉）が逝ったし、原（淺一）は帰ってこないし、大型機も犠牲が多いらしいぞ」

「戦闘機も艦爆も艦攻も、生き残りは少ないなー、寂しくなったな」

戦争はたしかに怖いし死にたくないが、それがいつの間にか死は怖くなくなっている。それは大和魂からだけではない。苦労を共にした同期生や仲間の死を見て、「きっと仇は討ってやるぞ、俺もすぐ行くぞ」と、覚悟を新たにした時からであろう。

話が特攻にふれ、言葉も少しきつくなった。特攻出撃の順番も決まっているそうで、私たち偵察隊の敵発見の無電が特攻隊の出撃につながると思うとやりきれない気持だ。

出撃の時は、肌着を新品に着替え、日の丸鉢巻きとのことだ。どこかに遊びに行くような気軽な話しぶりであるが、一抹の寂しさは隠し切れないようでもあった。

海岸通りを横切って波打ち際に出た。マニラ湾を眺めながら肩を並べて歩き、霞ヶ浦を思い出し、予科練時代の短艇訓練の辛かったことや遠泳のこと、東京へ体育祭に行ったことなどを語り合った。

なるべく飛行機と戦いの話は避けるように心掛け、同期生の飲みっぷりまで出て楽しいひとときだったが、さすがに家族のことになると、おたがいしんみりしてきた。

やがて夕日が空を染め、七色の光がおりなす魅力に軽い興奮さえ覚え、二人で見入っていた。特攻の魂にも似た太陽が、マニラ湾の彼方に赤い硝子玉のように沈んでいった。

別れの時が来た。彼は手を振りながら大声で、

「田中、貴様、でかい奴を見つけてくれよ」

「伊藤、俺もすぐ行くからな」

彼の後ろ姿に挙手の礼でおくった。彼のニッコリ笑った顔とあのマスコットが、六十数年を経た今も脳裏に焼きついているほど強烈で、忘れ難い再会であり、別れでもあった。

昭和十九年十月二十九日、伊藤君は第二神風特別攻撃隊神兵隊として、海岸通りから飛び立ち、マニラの七十四度百八十浬にて接敵し、午後四時五十八分、『ワレ空母ニ突入ス』と

昭和19年10月29日、マニラの海岸通りから発進する第二神風特別攻撃隊神兵隊・神武隊の九九艦爆。両隊各３機出撃、伊藤機のみ突入電を発し突入

〔左〕神兵隊で戦死した著者の同期・伊藤立政上飛曹（熊本県出身、22歳）。〔下〕出撃前の神兵隊。前列左から塚本貞雄飛長、加藤荘一二飛曹、伊藤立政上飛曹、藤本勇中尉、相田辰生二飛曹、正木広飛長。後列左から金丸義一一飛曹、有川信雄一飛曹

最後の無電を発信して、体当たりしたのである。

彼は、かわいいマスコットと共に悠久の大義に殉じていったのである。自分の生命より重い「大義」があったからこそ、純真な心で壮挙に臨むことができるのだろう。でも、なぜ、あと三日待てなかったか残念でならない。戦争には「待った」はないのだが。

その日は私も飛んでおり、時間からすると洋上のどの辺りかで行き違っているはずだ。同期の私が引導を渡したような気がしてならない。

彼の死後、大きな風穴の開いたような、空しい日が続いた。彼の死を無駄にしてはならぬ。多感な予科練時代や飛行練習生時代に知り合った仲間は貴重なものだ。この同期の絆は、なにをもってしても断ち切れるものではない。

私は挺身偵察には三回出撃したが、いずれも生還できた。しかし、特別攻撃隊は、挺身偵察隊と違う。命名されていったん出撃すると、敵艦に体当たりし生還への手がかりはまったくないのである。悲壮というほかない。

その後、同期生の古茂田蓮三君、久保田吉朗君、勝田久米雄君も特攻隊で出撃していった。

（連合艦隊告示　布告第七六号）

第二神風特別攻撃隊神兵隊　海軍上等飛行兵曹　伊藤立政君

（大正十二年三月六日生）

昭和十九年十月二十九日、第二神風特別攻撃隊神兵隊員として特攻機・九九式艦上爆撃機に搭乗（操縦員・藤本勇中尉）、僚友（神武隊）とともに（爆装六機）直掩零戦三機に守られて、比島近海の敵機動部隊（空母四、戦艦三〜四、その他計二十四隻）攻撃のため、ニコルス基地発進、マニラの七十四度一八〇浬付近にて接敵、一六五八『ワレ空母ニ突入ス』との電を発し敵艦に突入す。

涙の階級章

軍隊という所は、階級がものを言うところで、同じ階級でも進級した日で上下の区別がはっきりしていた。飛行機搭乗員といえども厳しいものだった。

十一月一日、待望の昇進の日が来た。下士官から准士官（飛行兵曹長）への昇進であって、これまでのとひと味もふた味も違う嬉しさがあった。しかし、責任も重くなる。と言っても激戦地でのこと、何時死ぬか分からない者に大切な要務を預けられることもない。心おきなく存分に飛ばしてもらえる配置には変わりはなかった。

ただ一つ、この日から大きく変わったのは、短剣・軍刀を腰に吊るすことが許されたことだ。このことは入隊以来の憧れでもあった。いや、幼い頃からの夢だったかもしれない。

朝食後、簡単な伝達式が行なわれた。同期の伊藤君がいてくれたら共に祝杯をあげることができるのに、この日を待たずして散っていったことが悔やまれてならない。

ひとつの目的を果たしたという軽い満足感にひたっていた時だった。

「司令が指揮所でお呼びです」と、当直の伝令員が知らせに来てくれた。司令の前に深々と頭を下げ、進級のお礼を申し上げた。司令はいつになくニコニコして、「おめでとう。この日の来るのを待ってたよ」と、両手で私の手を握りしめて、全身で祝福していただいた。その時、私の手の中に小さい紙包みが握らされていた。指揮所からの帰り、紙包みの中が見たくて木陰に立ち止まり開けてみた。「アッ！」と、息をのんだ。金筋と青で縁取った真新しい飛行科准士官の襟章だ。司令は今日の日のために、密かに準備しておられたのだ。まったく予期せぬことだった。鼻の奥がジーンときて、両眼から生温かいのが堰を切ったように頬を伝った。涙を流すことなどかつてなかったことだ。中村司令の心情がひしひしと感じられ、胸の締め付けられる思いであった。

果たせなかった約束

ある出撃の時だった。飛行機に乗り、いざ列線を離れようとした時、整備員が両手を広げ制止した。なにかあったのかと、ひょいと立ち上がると、子供を抱えた兵隊が駆け去るのが見えた。そのときは、事情がつかめぬまま出発してしまった。

その日も無事に帰還できた。報告を終わってから、出発の時の状況を知らされた。子供の名前を聞いたとき、心臓が止まったかと思うほどだった。

「兄ちゃんに会いに来た」「戦争に行っちゃ駄目、行っちゃ駄目」と、繰り返していたと。

その頃は、敵襲があると、街へ避難していた。そこで、よく在留日本人に会う機会があって子供たちと遊んだことがある。その時の子供だが、どうして飛行機のそばまで来られたものか驚くばかりだった。もう、謝る以外に手立てはなかった。

大目玉をくらっただけでは済まされまい。覚悟はできていた。チラッと、司令の方を見たが「そんなことがあったのか！」という表情で、横を向いておられた。

その日から、街に出ることは堅く禁じられた。「こんど来るときは、軍刀を持って来るからね」と言ったことも、新しい階級章で会う約束も破ることになってしまった。

その後も、子供の消息を知ることはなく、生きていてほしいと祈るだけだった。

「彩雲」よ、遅かった

十九年十二月、フィリピンに展開中のわが航空部隊は、波のように押し寄せてくる敵に対して特攻機を繰り出し、その進攻を食い止めるのに必死だった。

マニラ周辺への敵の空襲はますます激しくなり、ニコルス飛行場は使用不能の状態が続いた。このため、飛行隊は動きがとれず、マニラ市の北方約百二十キロにあるクラーク地区の数ヵ所の基地へ分散することになった。

偵察隊は、その内のひとつバンバン基地へ、また、戦闘機隊や攻撃機隊もマバラカット、クラークの基地へ移動を開始した。

マニラ在住の邦人の方たちは今後どうなるのだろうか、そしてあの子供たちは。ひと目会いたい気持を引きずるようにして、車両はマニラの海岸通りを北へ急いだ。

バンバンは、基地とは名ばかりの草原といった感じの飛行場だった。司令部は、飛行場から自動車で二十分ぐらいの洞窟に入っていて安全だが、飛行場には身を隠す場所もなく、空襲の時はタコ壺に飛び込む始末だった。

地上にある飛行機の擬装を厳重にし、離着陸時の行動は特に迅速に行ない、見張りを怠らぬよう指示されていた。

十二月中旬だった。待ちに待った新鋭三座偵察機「彩雲」隊が、鹿児島での錬成を終え、橋本敏男新隊長に率いられてバンバン基地に到着した。

出迎えの司令も、この日ばかりは終始ニコニコと話が弾んでおられた。「彩雲」五機の援軍は、偵四にとっても、日本軍にとっても、まことに心強いかぎりである。

「彩雲」の性能は、二座機の「彗星」をはるかに上回り、五千メートル上昇するのに一分とはかからない。「濃紺の万年筆が弾丸のように」と言えばおおげさだろうか。誰かが「われに追いつく戦闘機なし」と、無線で基地へ知らせたのは本当のようだ。最大速力時速六百キロの俊速をきかせて連日索敵に飛び立った。

「彩雲」を初めて戦場で使用したのは、

昭和19年12月、錬成を終え鹿児島基地から比島に出撃する一四一空偵察第四飛行隊の「彩雲」。５機が先発の「彗星」隊を追ってバンバン基地に進出

テニアンの一二一空である。十九年六月のの挺身偵察行のおり、トラック島経由でメジュロ環礁に飛んだときだった。その当時の一五一空では「艦偵」も花形だったが、「彩雲」の二、三機は欲しいと思っていた。

あれから半年、「彩雲」に乗る機会もなく半ば諦めていただけに、「彩雲」の到着は嬉しかった。でも、自分は「彗星」のあるうちは「彩雲」には搭乗しないと心に決めていた。それは、いく度も死を乗りこえてくれた「二式艦偵」や「彗星」に、人一倍愛着を感じていたからである。

敵戦闘機がバンバン基地を狙いだしたのは、「彩雲」が到着して二、三日してからだった。敵は、特攻機と同様に偵察機を目の敵《かたき》にしており、「彩雲」の帰投時を待ち伏せし、着陸態勢に入ったところを狙い撃ちする戦法をとってきた。このために地上で炎上するという事態となり、たちまち三機の犠牲を出してしまった。これは、基地上空を警戒する味方の戦闘機も少なく、また、あまりにも戦線に近かったせいかもしれない。「彩雲」が一ヵ月早く来ていたら、期待された活躍の場もあって戦局も違っていただろう。

十二月中旬からクラーク地区もP38に護衛されたB24の編隊爆撃を受けるようになった。これを迎え撃つ「紫電」戦闘機の三号空中爆弾の弾片が白い尾をひいて敵編隊を包む。ミンドロ島に上陸した敵は、次の目標をルソン島においたもようだった。

大晦日の三十一日、「彗星」一機（鈴木中尉、高森飛曹長）が東方海面の索敵に飛び立った。予定の索敵コースを飛んで、帰途についてまもなくエンジン不調におちいった。そのうえ敵大型機と遭遇という最悪の事態にもなったが、なんとかマニラの近くまで飛び続け、ついに水田に不時着し大破してしまった。でも、二人とも運よく助かり、一週間後にバンバン基地に帰ってきた。

正月を迎えても何一つめでたいこともなく、迫り来る敵にただ「良い死に場所を」の思いしかなかった。そんな折り、「アメリカの婦人と子供が、バンバンの山中で発見された」との情報があり急いで司令部に行ってみた。身なりはわれわれよりずっと綺麗で、子供はとても可愛い顔立ちである。この戦渦の中をどのような暮らし方で生き長らえてきたか聞いてみたかったが、しょせん日本語は通じないだろうし、ただ感心して見ていた。

戦地では、十三日の金曜日は敵の空襲はなかった。でも、正月は関係がなかったようだ。

特攻機の誘導

昭和二十年が明け、ますます情報が乱れ飛び、海上の夜光虫にも敵艦かと惑わされるような神経の高ぶりだったようだ。

一月四日午後、「フィリピン西方海上に敵大部隊現わる」との情報が入った。六日早朝、「彩雲」二機が西方の敵に向かって発進した。その一機から敵情を知らせてきたが、バンバンには帰らず、二機とも台湾へ向かったらしい。私は、その半端な行動に疑問を感じ、情けなく耳をふさぎたい思いであったが、そのような指示が出ていたようだ。

午後になって、新たに索敵機として「彗星」二機（偵三、偵四各一機）が準備された。偵四の木間塚少尉のペアが一番機、偵四の私（田中飛曹長）と偵三の梅本上飛曹（操）が混成のペアで二番機、それぞれの索敵線を出撃することになった。

飛ぶこと二時間、北上中の大輸送船団を発見した。四列の隊形で、その数約五十隻、護衛の駆逐艦も含め六十隻はくだるまい、堂々の陣立てである。その位置は陸地から百浬たらずの距離だった。

敵の全貌をつかむために上昇を続け、なおも接近した。敵は、護衛の戦闘機を数層に配し、「神風特攻機」への備えを固めているようだ。

敵発見の第一電と敵情・天候を知らせる。間もなく『特攻機発進』の知らせが来た。これは大変なことになった。こちらはまだ航空母艦を発見していない。最悪の場合は輸送船に突入することも止むを得ないが、特攻機の到着までになんとしても空母を見つけねばならぬ。

視界は良くないが十浬はある。船団の後方へ飛び、目を皿のようにして見張った。気持はあせるが空母は杳として発見できない。一番機からは何の連絡もないし、呼び出してみたが応答はなかった。時は刻々と過ぎていく。もはやこれまでと、特攻機を誘導するためにいったん戦場を離れることにした。

特攻機の来るであろう方角へ向かって二十分も飛んだろうか、小さな渡り鳥の群れのように、ルソンの山並みから海上に舞い降りる小型機の一団を見付けた。

「特攻機だ」——会合するように針路をとり、待ち受けた。段々接近し、その数もはっきりしてきた。一番機の後を、時には高く、時には低く親鳥を追うようにして五機が続く。胴体に吊るした爆弾がやけに重そうに見えた。

特攻機は、敵のレーダを警戒してか、さらに飛行高度を下げ、波間を走る飛魚のように、真っ直ぐに敵船団に向かって飛び続けている。

私は、なおも敵空母への望みをかけたが、ついに発見することはできなかった。

そろそろ敵戦闘機のお出迎えの時機だ。もはや攻撃目標を変更する余裕はない。

敵は、特攻機の一団を発見したのか、船団の隊形が大きく崩れだし、真っ白い航跡が交差しだした。逃げ惑う輸送船を遮蔽するため、駆逐艦が煙幕展張を開始した。

特攻機は編隊を解いたらしく、肉眼では確認できなくなった。

「成功を祈る」──私は挙手の礼で彼等を見送り、戦果を確認しやすい高度まで上昇した。

敵のすべての艦艇からは、気も狂わんばかりの凄まじい弾幕が特攻機に集中する。その弾幕をかいくぐり、弾着の水柱を避けながら目標へ突き進む機影がチラッチラッと光る。その機影に敵の戦闘機が襲いかかる。まだ全機無事なようだ。

「速く、速く」「急げ、頑張れ」われを忘れ、座席から身を乗り出すようにして見守った。

煙幕と砲煙の中で、ひらめく稲妻のような爆発が起こった。

「やった、命中だ」「あっ、またやった」

突っ込んだ機の数を知らせるように火柱がつぎつぎと上がった。爆風が伝わってくるようだ。高く上がった水柱と共に輸送船の姿は海面から消えた。「凄い、轟沈だ」敵艦の手前で火だるまになって海中に突っ込むのもある。夢中でカメラのシャッターを切り続けた。

大戦果を挙げて攻撃は終わり、特攻機の後続は途絶えた。油膜で覆われた海上を、船団は航行隊形を整えながら、なおも北上を続けている。

敵の空母をもとめて南に針路をとった時だった。バンバン基地から『帰投せよ』との無電が入った。空母を発見できなかったことは心残りであるが、突っ込んでいった特攻隊員の冥福を祈り、その戦果を打電しながら帰途についた。

上空から見たバンバン基地は、焼けた飛行機の残骸が転がっているだけで、飛べる飛行機はすべて台湾へ行ってしまい、「彗星」一機になってしまった。私は「あ号作戦挺身偵察」以来、この半年間の偵察行で、わが軍に対する敵の包囲網が確実に狭まりつつあるのを人一倍感じていた。また、特攻機の出撃が、今後とも増え続けるであろうことも。

決戦のとき迫る

六機の特攻機の戦果報告のため司令部に赴くと、室内では書類の整理が始まっており、決戦を感じる異様な雰囲気であった。

「輸送船何隻轟沈」と言っても、その一隻一隻に尊い人間の命がかかっていると思うと、簡単に済まされるものではない。だが、この日の参謀たちの応対は形式的にすぎなかった。

「これじゃ死んだ者も浮かばれまい」と、私は少々血の気の多くなるのを感じた。報告を済ませて飛行場に帰ろうと壕を出た時、中村司令に呼び止められた。

「田中分隊士、もう飛行場に行かなくてもいいよ」

そのとき、「彗星」が低空で頭上をかすめた。「なぜ、なぜだ」と、不吉な予感が走った。つい先程まで乗っていた飛行機だ。瞬間的にその機番号を確認することができた。

今日出撃した「彩雲」と「彗星」一番機には、索敵後は台湾へ行くように指示されていた、と私に教えてくれた者がいた。だが、私には指示はなかった。そして今、虎の子の一機までが逃げるようにして行ってしまった。

「なんてこった」――一人で腹を立て、手持ちぶさたな孤独感に焦りを感じていた。しかし、私に、たとえ飛行機で台湾へ渡る手立てがあったとしても、ここバンバンに残って司令と共に地上戦に参加する道を選んだろう。飛行機がなくても司令と一緒に死ねれば本望である。

しばらくして司令から、次のような伝言が届いた。

「偵察隊は、ここフィリピンからの索敵を打ち切ることになった。各自は、速やかに身の回りの荷物を整理し、洞窟に集合せよ」

この時、ちらっとサイパンの激戦の模様が頭に浮かんで、「いよいよ陸戦か」と、飛行機との縁の切れ目を強く感じた。

日没近く、銘々が荷物をぶら下げて集まってきた。軍刀、拳銃、偵察バック、水筒、双眼鏡、衣類と、それぞれに持ち物は違うが、飛行機の七・七ミリ旋回機銃も二梃ほどあった。特攻機の突入の瞬間を撮影した未現像のフイルムも荷物になってしまった。

その晩は洞窟に入り、思い思いの格好で毛布にくるまり、疲れた体を横たえた。

明けて七日。決戦に備えて、陸戦に必要な物以外は焼却することになり、航空図、暗号書、書類等うずたかく積み上げ、ぼんぼんと燃やした。司令から戦況の説明があった。

「敵の上陸軍の先鋒は、リンガエン湾に姿を現わし、上陸が必至となった。わが軍は……」

司令の訓示はいつになく堅かったが、翼のない搭乗員の気持をくんだものであった。

「いよいよ決戦の時が来たか」と、実感として胸に迫ってきた。

司令部では、部隊の編成と陣地構築の会議があり、各隊に小銃と弾や手榴弾の配布が行なわれていた。気の早い者は、毛布を担いで山の奥へと姿を隠すように去っていく。

だが偵四は、搭乗員も整備員も一丸となって、一四一空中村司令の指示に従った。その夜も、無事に眠りについたが、誰も寝つかれないのか、タバコの光がチラチラと闇の中で光っていた。

生き抜くのだ

一月七日、敵の上陸部隊がリンガエン湾に現われる。

この日は朝早くから人の動きが激しく、それぞれの守備区域への移動が始まった。一四一空は、バンバン地区の守備が割り当てられており、銃器の手入れと食糧の確保に時を過ごした。なかには軍刀の試し切りなどする者もあり、真剣なうちにも笑い声がおこる。その声に誘われるように皆が集まってきた。司令の顔も見え、私は呼び止められた。

「田中分隊士、君はまだ若いな」

「ハイ、二十二です（満二十一歳二ヵ月）」

「君とは一五一空以来、長い間の付き合いだった。一緒に戦ってくれてありがとう」

司令は、いつもの温厚なゆっくりした口調で話された。内容は、戦いのことよりも戦地での暮らしのことが主で、トラック諸島の春島や楓島での食糧調達のことや、下痢気味の司令に米の粥を苦心して作って上げたことなど、司令に内緒のことまで知っておられた。

「君は、よく、『彩雲』に乗りたいと言ってたな」

「ハイ」──忘れよう忘れようとしていた「彩雲」のことだ。

「『彗星』も良かったが、これからは『彩雲』じゃなくちゃ」

「司令、飛行機のないわれわれは、軍刀だけが頼りですよ。司令と共に戦います」

「うん」

と、それきり会話はとだえ、司令は空を見上げて深く考え込んでおられる様子だった。陽はようやく山に隠れ、一握りの飯にありついた。そして、その日一日の存命に一抹の寂しさを感じ、ここに眠れるのもあと幾日か数えてみたりもした。

洞窟のカンテラに灯が入った。気を紛らすために、今後のなりゆきを「コックリさん」に占ってもらって賑やかに過ごしていたが、昼の疲れからか話し声もとぎれた。

その時、司令部から指揮官集合の伝令があった。司令は、赤色の懐中電灯で足元を照らしながら急ぎ足で洞窟から出て行かれた。

「何かあったのかな?」

と、誰かが小声で言う。寝ていたものたちが一斉に上半身をおこした。

「いや、明日の仕事のことだろうよ」

「そうかな? こんな夜更けにな……」

小一時間もたったころだった。洞窟の入り口でばたばたと二、三人の足音がした。

「搭乗員集合」

聞き慣れた号令だが、飛行機もないのになんだろう。服装を整えながら洞窟の外に整列した。「今から司令のお話がある。よく聴くように」当直将校の声だった。

まもなくして、司令が息を弾ませて帰ってこられた。

「皆いるか。よく聴いてくれ」

と、司令は半ば弾んだような声で話を続けられた。

「明朝、動ける搭乗員と一部の整備員を比島の北端アパリまで行かせる。そこから潜水艦で台湾へ渡り、飛行隊に合流し再起を計れ。なお、敵はすでにリンガエンに上陸し、こちらに向かっている。敵と遭遇することになるかもしれない。また、ゲリラの出没には十分に気を配るように。輸送のために車両七台程度準備するので、多分乗れるはずだ。輸送指揮官の指示に従って行動するように。司令はこの地に残り敵を迎え撃つ。時間の余裕がないから急いで準備してくれ。質問はないか」

司令は、この話を他人ごとのように聴いていた私を見て、半ば叱咤のような強い調子で、

「田中分隊士、君も行くんだ」

「いや、私はこの地に残り、最後まで司令と共に戦います」

「君の気持は嬉しいが、それよりもっと大切なことなんだ。無事に内地に帰り、一日も早く飛行機を受け取り、再びフィリピンに来て戦況を立て直してもらいたい。分かったか」

なおも訓示は続いた。

「搭乗員は、祖国のためにもっと大きい仕事せねばならんのだ。いま生き延びることは、おまえたちに課せられた使命であることを忘れず、決してはやまったことをしないように」

こんこんと諭される司令の気持に、こだわりすぎた自分が恥ずかしかった。

「田中、分かってくれたか。飛行機を受け取るための印鑑を君に預ける。そして、これがフィリピンの地図だ。道に迷わずみんなを連れて行ってくれ、頼むぞ」

昭和20年１月、続々とルソン島リンガエン湾に上陸する米軍部隊

「ハイ」

「ラバウル以来の伝統のあるわが偵察隊の名に恥じず、最後まで頑張ろう。成功を祈る」

部下思いの司令の心情がひしひしと伝わってくる。

どう考えても敵中突破の転進命令である。われわれは、空では死とて怖くはないが、陸戦となると勝手が違う。司令との別れの悲しみよりも、死という恐怖感との戦いが心を覆いはじめた。それは見当はずれのものとは思われなかった。

司令とも、これが最後になるかもしれないと思うと、一刻一刻が貴重に思えた。

印鑑は、中村司令と立川元隊長の二つである。地図は、ルソン島北部の陸図であった。

「軍人はしょせん死ぬ運命にある。けれども、いかに死んでいったかが重要である」

何時だったたか、内地を離れるときの誰かの訓示を思い出していた。

床についたが眠れそうにない。

「まあ、なんとかならあ」

やけくそ半分に開き直る者もいる。

「気を落とすな。今まで命のあったことじたい、不思議なくらいなんだから」

と、拳銃の手入れの手を止めて、苦笑しながら誰かが言う。

「そうだなー、死んだ仲間の所へ行けるんだから。また、コックリさんに聞いてみるか」

洞窟の中は騒然としていた。

「明日からは大変だ。早く眠るんだ」

「『彩雲』で、もう一度ここバンバン基地へ来るんだ。それまでは生き抜かねばならぬのだ」

と、自分にも言い聞かせるように、ひとこと注意し、己の心に鞭打った。

バンバン洞窟の別れ

一月八日、夜の明けるのを待っていたかのように、山から降りてくる一団があった。昨夜の転進命令を受けた搭乗員たちだ。格好からすぐに分かった。

「整列の時間に遅れるな」

慌ただしく朝食をすませ、旭山洞窟前に整列した。司令との別れの時が来た。

「武運を祈る」と、ただ一言、中村司令と両手で固く握り合う。込み上げてくる気持を押さえるだけで言葉にはならなかった。

一四一空の残留組の面々は、われわれの転進を羨む様子は少しもなく、いずれ皆が特攻に出ることを知っているかのように、抱き合って別れを惜しんでくれた。

司令部前の道路には、各隊の搭乗員たちが三三五五集まってきた（記録によると、この時点で約百数十名の搭乗員がいたという）。

行軍中の食糧として、缶詰と少量の米と給料の軍票が配られた。米を入れた靴下と、水を入れた瓶を腰にぶら下げる。飛行服もあれば防暑服や作業服、軍刀を下げたのもいれば拳銃を持つのもいる。翼をもがれた飛行機乗りの集団だった。久し振りに会う友との語らいに、まるで遠足気分の者もいて、明るい若者であふれている感じすらした。

私は出発までのひとときを、祈る思いで同期生を探した。偵十一の本間行孝君はすぐに見付けた。「よー、いたいた」向こうも探していたようだった。あと一人や二人いてもいいはずだったが、彼のほかに誰もいなかった。

同期生のほとんどは戦死したということか、と寂しい気持になっていた。

整列の時刻になり、指揮官が壇上に上がった。

「敵は、リンガエン湾に上陸した。間もなくマニラへの道を南下してくるだろう。アパリへの道は一本しかない。このため敵との遭遇が予想される。これからトラックに分乗してアパリへ向かうが、できるだけ行動を共にして『全速』で進め。途中、ゲリラにも十分に注意し、もし、車が故障して動かなくなったら徒歩で目的地まで行け。以上」

トラック五台、前後に乗用車が一台ずつ配置された。偵察隊は最後部の探照灯電源車が割り当てられた。運転台の屋根に七・七ミリ機銃を備え、荷台にドラム缶一本の燃料を積み込む。

いよいよ先頭車が動きだした。残る者、行く者、たがいに叫び、手を振り、帽子を振った。別れを惜しむ喚声が朝靄をついてバンバンの山にこだました。

司令の姿が段々小さくなる。みんな首のマフラーをはずし、立ち上がるようにして、見えなくなるまで力一杯振った（偵四搭乗員十四名、整備員数名）。

「いつの日か必ずここへ来る。それまで生き長らえていてほしい」

と、司令から預かった印鑑と地図を握り締め、湧く涙を押さえていた。

そして、これからの不規則であろう己の行動を、定められた運命と自分の心に深く刻み込んだ。

第八章　アパリへの道は険し

北へ北へと

フィリピンの幹線道路はよく整備されており、勾配のあるカーブを快適に飛ばした。輸送指揮官からの達しでは、敵との遭遇や交戦がなければ、幹線道路をバンバン、タルラック、サンホセ、バレテ峠を越え、カガヤン河に沿ってバヨンボン、エチャゲ、ツゲガラオ、アパリと進み、途中ピストン輸送を行なうことになっていた。

問題は、リンガエンに上陸して南下する敵との遭遇である。リンガエンから幹線道路へ出る道は二本あり、手前のタルラックに来るか、サンホセに来るか、いずれにしても敵が幹線道路に到達するまでにその地点を通過せねばならない。

上空に敵機の姿はなく、天気も視界も上々。初めのうちは車座で辺りの景色を眺めていた連中も、進むにつれ、それぞれの見張り区分にしたがって真剣なまなざしに変わってきた。

偵四隊の車両は、探照灯の電源車で、予備燃料にドラム缶一本を積んであった。兵器と言えるものは運転席の屋根に備えた七・七ミリ機銃だけで、他に五、六人が拳銃か軍刀を持っていた。

偵四関係の搭乗員は岩井、鈴木保男、高森一義、井手令爾《れいじ》、斎藤、田中三也（筆者）、志岐基次、太田垣丑《うし》四男《お》、佐藤武平、田中康雅、桜井良作、松田賢次、中野、多根の以上十四名と整備員数名で、偵三関係も数名いた。バンバン出発の時に各自に給料とボーナスを軍票で支給されている。

車は順調に走り、遠くの砲声を聞きながらタルラックに入った。その日は、ピストン輸送のため、タルラックに泊まることになる。

明けて九日、行動について協議の結果、敵との遭遇を避けるため東方への道をとり、カバナツアン径由でサンホセへ向かうことになる。夜が明ける前の平原をひた走る。

カバナツアンで小休止、食事をとる。車両の故障もあってやや遅れたが、午後三時頃、敵に遭遇することもなくサンホセに着いた。

町はいたって平静であった。住民にしてみれば戦争は関わりのないことで、まったく迷惑なことだろう。第一の難関を通過したことに、一同ほっとしたようだった。

だが、そこには駐屯しているはずの陸軍の姿はない。それに、仲間もいない。その不気味さに身の危険を感じ、休むことなく、すぐに行動を開始した。

生き延びるためには食糧の確保も大切と、途中の畑でキビを購入（軍票だったか）、車両に積み込む。いよいよ危険性のあるバレテ峠にさしかかった。共産ゲリラ（フクバラバッ

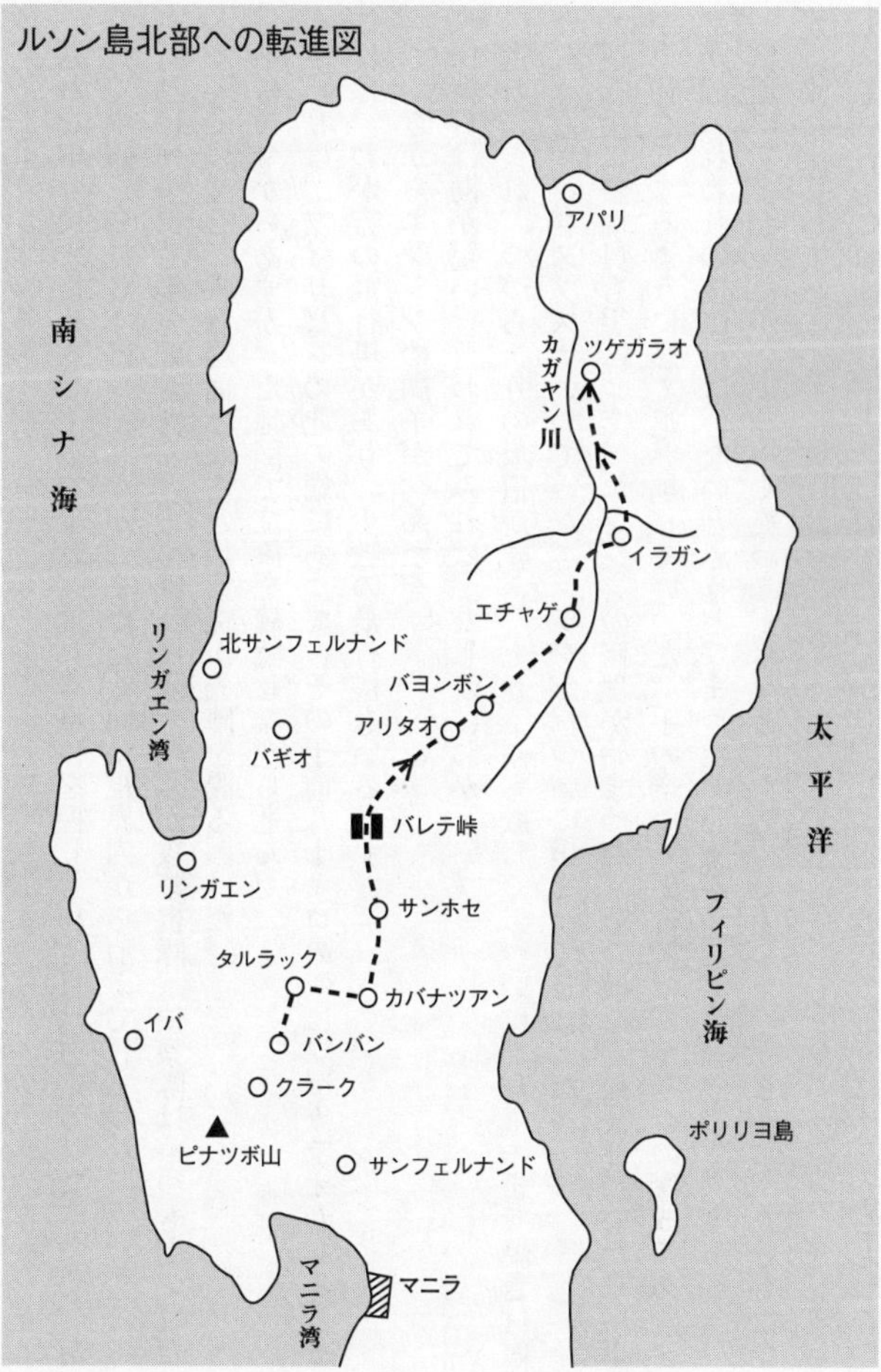
ルソン島北部への転進図
アパリ
南シナ海
カガヤン川
ツゲガラオ
イラガン
エチャゲ
リンガエン湾
北サンフェルナンド
バヨンボン
アリタオ
バギオ
太平洋
バレテ峠
リンガエン
サンホセ
フィリピン海
タルラック
カバナツアン
イバ
バンバン
クラーク
ポリリヨ島
ピナツボ山
サンフェルナンド
マニラ湾
マニラ

ク）の存在が頭をかすめる。
遅れを取り戻すためスピードを上げ、揺れる車体を握りしめ、目は血走る。ようやく、前を行く車両を発見してほっとしたが、またたく間に視界内から消えてしまった。

行動は何事にも優先順がある。まず戦闘機隊、つぎが攻撃機隊、偵察隊はいつもドン尻だった。そのくせ、戦闘場面となると偵察機が先陣を賜るわけだ。

中村司令からあずかった地図で位置を確認しながら進んだ。

アパリは、フィリピンの北の端にあって、その手前八十キロの所にツゲガラオがある。そこには、わが方の飛行場があり、少数の飛行機もいるはずだ。

「さっきからエンジンの調子がへんだぞ」

操縦員は勘が鋭い。言われてみれば、たしかにおかしい。

進むにつれ、つづら折りの坂道が続き、上り下りも激しく、ついにブレーキまで焼き付いたようだ。「ブスブス」いっていたエンジンが、ついに止まってしまった。

運転手に整備員も手伝って、エンジンの修理が始まった。その横を、最後部にいた乗用車が車体をこするようにして追い越していった。手の空いている者は、ゲリラの警戒にあたったが、われわれの後に車はいないと思うと、まったく心細かった。

修理にてまどったが、ようやく終わり、ホッとした気持で先を急ぐ。しかし、五分もたたずにまた止まってしまった。

応急処置もこれまでか、と半ば諦めた。しかし、ピストン輸送で迎えにくるかもしれないし、まだ車を捨てたわけではない。体の衰弱した者のことを考えると、歩くのは無理だ。とにかく、車の修理に望みをかけ、一方、無理を承知で陸軍部隊に救援を求めることに意見がまとまった。早速、斥候をかね連絡員を出した。

その夜は野宿することになり、見張りを立て、思い思いの場所で横になった。

ふと、車両の響きに目を覚ました。真っ暗だが星が輝いている。車が止まった。かすかに聞こえる話し声は日本語だった。陸さんの車には、連絡に行った斎藤少尉が乗っていた。

ここまで乗ってきた電源車を乗り捨てることになってしまったが、救援の車で夜明けに無事アリタオに着いた。救われついでに食事の支給まで受け、さらにバヨンボンまで送ることを約束してくれた。日頃、陸さんを良く言わない者も、この時ばかりは感謝感謝だった。

バヨンボンに着いたが、なぜか日本の憲兵に下車することを拒まれた。そこには邦人の婦女子がいたようだったが、制止された理由は分からない。だが、下車出来なかったかわりにエチャゲまで送ってもらうことになったのは嬉しかった。

バンバンを出て三日目、バレテ峠も無事に越え、全員がまとまって行動していることを中村司令に報告もしたいが、今はそのすべもない。

日がたつにつれ、疲れと空腹で気持もすさんでくるが、軍規だけは保たれていた。

ゲリラとの遭遇

たわわになっている椰子実で喉を潤し、気分も和らいでいた時、道端の電線が切られているのを見付けた。別に気にも止めずに進むうち、車は上り坂にかかった。そのとき前方に黒煙が上がるのが見えた。車を止め、偵察のため斥候を出した。

「やられてる」「二台だ」

トラックはエンジンを撃ち抜かれ、乗用車は半焼けでくすぶっていた。乗用車の下には、真っ赤な血が流れ、重傷者が出たようだった。車の中には焼けたペソの新札が散らばり、周りには人影はなく、静かだ。多分、ゲリラの待ち伏せにあい、後続の車に便乗して行ったのだろう。ペソを二、三枚いただいておいた。

この現場を見てからは、次はわれわれの番かと脅威を感じ、機銃の試射をしながら、より慎重に進んだ。

進むうちに、水牛に乗った農民風の男に出会った。農村で見るごく普通の風景である。さらに進み、小高い峠にさしかかった時、前方の見張りが、トラックの屋根をドンドンと叩き、大声で叫んだ。

「ゲリラだ。止まれ、止まれ」

峠から発砲する白煙が見える。車から飛び下り、車から離れて窪みに伏せる。こちらも機銃で応戦した。脱兎のごとく逃げる数人のゲリラの姿が見え、戦闘はいっときで終わった。

幸い怪我人はなかったが、車体とエンジンを撃ち抜かれてしまった。

陸さんには悪いことになってしまい、詫びるほかなかった。修理の見込みもないものを、いつまでも眺めていた。幸いエチャゲまでは近かった。

「よーし、歩こう」――この一声に元気づいた。

切れた電線や水牛の男は、どうみても、ゲリラに関係があるように思われてならない。以後の警戒事項にこれらを加えた。

三日間で二百八十キロのエチャゲに着くことができ、まずまずの進み具合だ。ここには陸軍の航空部隊がいると聞いていたので、早速、飛行場に出向き情報を得ることにした。

エチャゲ基地へは連日のように敵機が飛来しており、爆撃で飛行機の発着は無理のようだった。でも、海軍機が来ることがあるとの情報を得た。それは何のために来るのか、何時のことか確かではなかった。

待機するか歩いて先へ進むか迷った。だが、マラリヤらしいのが数人いたし、全員が下痢に悩まされていて、半数は歩くことすら困難な状態だった。陸軍部隊からは、わずかながら食糧にもありつけることであり、寝る場所もある。先を急いで途中でのたれ死にするより、二、三日ようすを見ることにした。

救援機が来るとしても夜である。その日の夕刻から飛行場通いが日課になった。

十五日、遂に一式陸上攻撃機が来た。「万歳」と喜んだのも束の間、飛行機の尾輪折損で離陸ができなくなってしまった。

救援機の搭乗員からの情報では、速い者はアパリにいる、ということだった。まごまごすると、台湾に渡ることもできなくなる。もう歩く以外、手立てはない。

「みんな聞いてくれ。これから、いよいよ行軍だ。元気な者は先にアパリまで行ってくれ。

行動を共にしたいが、とにかく、犠牲を少なくせねばならぬ。二手に別れることにする。また元気で会おう」と、先任者から簡単に指示があった。

歩く自信のある連中は機銃を担いで一団となって歩き出した。

「道に迷わず、皆を連れて行け」と言われた司令の言葉が、私の気持をゆさぶった。

私は、先行者を見送った。病人を心配してか、元気なのが二、三人残ってくれた。いざとなれば担架も造らねばならぬと考えていただけに、救われる思いだった。

先行の連中の姿も遠のき、遠くの銃声に、ともすれば二手に別れたことを悔やんだりした。進むにつれ、ゲリラの仕業とみられる道路の破損箇所があって進行も阻まれがちだった。いくら困難が待ち受けていようと助けてくれるあてはなく、引き返すこともできない。自分の力で前に進む以外に手はないのだ。

精根つきる

敵機を見れば身を隠し、農民を見れば警戒し、手持ちの食糧をかじり、たがいにかばいあいながら皆の後を追って一歩一歩北へと向かった。

日没になって野宿の準備にかかったとき、誰かがポツリと言った

「どんな死に方になるんかなぁ」

答える者はいなかった。死ぬなんて簡単にできるものじゃなし、その時になってみないと分からない。衰弱のひどい者もあり、一人は死に近づいているように思われた。

ここでもし敵が出てきても、迎え撃つ武器は軍刀一本しかない。洋上で漂流している思いだった。私の拳銃の弾は一発になっていた。これは自分の命を絶つときのために残しておくことにした。

太陽は西に傾き、冷え込みは強い。その晩は、無理に進むことを止め、野宿することにした（何を食べたか記憶していない）。大木の下で、身を屈めるように六人抱き合って寝た。夜明けと同時にまた歩き出す。

靴底のパックリと開いた飛行靴を履き、杖にすがり、頼れる者は自分だけ。

「どうせ死ぬなら、納得のいく死に方がしたい」と、つい山に残してきた戦友たちのことも忘れ、ただ破滅に瀕した身のやり場のない思いをぶちまけて叫びたい気持だ。

転進でなく遁走にちかい状態だった。そんなある夜、軍靴の足音に目を覚ました。人数は少ないが、わずかに数メートルの所を、確かに南へ向かっている。敵に違いなかろうと、息をこらすようにして見送った。そして無事に一夜は明けた。

敵に包囲されているようにも感じるし、動くものはみな敵と思うようになっていた。このため、斥候を出し偵察しながら、身を隠すようにして進む。

見通しの利くところに出た時だった。斥候が「はるか前方に動く一団を発見した」と、知らせてきた。辺りに隠れるところもなく、窪みに横たわって様子をうかがっていた。

「日本軍だ、確かに日本軍だ」

「陸さんだ、陸軍だ」

軍馬も見える、飛び出して両手を振って迎えた。バギオ目指して南下する陸軍部隊の山下兵団だった。百万の味方に会ったような気がした。この時、たがいに敵情を知らせあい、食糧と薬をもらって一息つくことができた。

味方に会って気持はいくらか楽になったが、身の危険は去ったわけではない。ただ気力だけだ。歩いているというより、這っている感じだ。特に、偵三の栗山一平君はひどく、油断ならぬ容態になっていた。

洞窟を出て十日たち、ようやく行程の半ばは過ぎたが、アパリまではとても無理だ。せめてツゲガラオまでも、と励まし続けた。

渓谷に架かる橋はほとんど壊され、満足なものはない。橋のない所は小さい箱舟で、河に張ったワイヤーに摑まって渡った（三人乗って渡り、うち一人は迎えに帰る方法）。狭い川ですら一気に飛び越えられず、何度かずぶ濡れになった。

どの辺りだったか、やはりカガヤン河の支流だったと思う。陸軍の野砲隊（姫路師団）が、筏を組んだ台船で人馬を渡していた。その帰りの船に乗れたのはありがたかった。

田には、稲穂を摘む農民の姿が見える。そののんびりした仕草を見ながら休んでいた時だった。突然木陰から、一人の農夫が小豚を連れて現われた。警戒はしたが「背に腹はかえられぬ」と、着ていたシャツと交換でその豚をせしめた。

料理といっても味を付けるでもなくただ煮て食っただけだったが、すっかり味をしめ、その後もよく豚を食べた（後日、わたしがペラグラという皮膚病を患ったのは、この時の豚が原因だった)。

歩き出してから十日ぐらいたった。福山君の容態が危なくなっていたし、彼はしきりに「自分をおいて、先に行ってください」と、頼むように言う。だが、見捨てるわけにはいかない。彼を両側から抱え、のろのろと歩き続けた。

味方の部隊が近くにいるのか、時おり敵機の姿を見た。だが隠れる気力もない。虫や草までが羨ましく見え、もう人間の生きられる限界まできているように感じだ。

「福山がおかしい」

ぶら下がるようにして歩いていた彼の足が動きを止めていた。まだ朝露の乾かない道端に寝かせて介抱したが、すでに彼の手首には脈はかすかだった。野辺の送りになるんじゃなかろうかと、場所まで考えていた。今日は幾日だか確かでなくなっていた。

その時、「おーい、おーい」と呼ぶ声がして、先に行った仲間の太田垣と桜井の姿が見えた。「地獄で仏とはこのことか」と、涙が止まらなかった。

二人の話によると「速い者はアパリまで行ったが、潜水艦が来なくなったので引き返し、ツゲガラオで待機することになった。あまり遅いので心配して迎えにきた。基地はもうすぐだ」とのことであった。そこから一キロ足らずの距離だった。

先頭よりかなり遅れ、バンバンを出て十七日目にようやくツゲガラオ基地に辿り着くことができた。約四百キロ、前半はまずまずだったが、後半は杖にすがっての行軍だった。

潜水艦の予定がたたず、ツゲガラオから空輪に切り替えるとの命令が出ていた。

偵四は全員顔を合わせることができ、涙で手を取り合った。バンバンの洞窟を出てからの体験談に花が咲いた。ゲリラに遭遇して対峙したこと、橋がなくて苦労したこと、豚を食ったこと、何度か死のうと思ったこと、皆それぞれに困難に打ち勝ってきたのだ。このことをバンバンの司令に知らせたかった。

クラーク方面の飛行場はすでに敵の手中にあり、バンバン洞窟も敵の戦車に蹂躙《じゅうりん》されている、との戦況を聞いた。

司令はじめ偵四は、みんな無事だろうか。ただただ祈る思いであった。

特攻への命下る

バンバンの洞窟を出てから約二週間、飲まず食わずの苦しい行軍であったが、偵四は一名の犠牲者もなくツゲガラオ基地で再会することができた。

私がツゲガラオに着いた日（昭和二十年一月二十四日）、ツゲガラオ基地では神風特別攻撃隊金剛隊の編成が行なわれていた。

戦闘機三機と艦上爆撃機一機、計四機によるリンガエン湾の敵艦艇への体当たりである。出撃時刻は日没二時間前とのことであった。

零戦三機については特攻隊員の中からすぐに人選されたが、「彗星」艦爆については新たに特攻隊員を人選し、偵三から操縦員、偵四から偵察員を出すようにとの命令であった。

「なんてこった、ようやく死を乗り越えてここまで辿り着いたというのに……」カマキリのような目ん玉をひんむいてたがいに顔を見合わせた。なかば捨て鉢な気持に聞こえた。

軍人たる者、戦場に来たからには死ぬ覚悟はできている。決死隊や挺身隊は生還を期しがたい任務ながら一縷の望みを抱くことができるが、特攻隊となると死へ一直線だ。

今までに、多くの特攻隊を見送り、誘導し、体当たりも目撃してきた。それだけにそう簡単に人選できるものでないことはよく分かっていた。

だが、命令を与えてくれるべき司令も飛行長も隊長も、ここにはいない。偵四の士官は四名ばかりいたが、衰弱がひどく、そのうえ急なことであり、決断に困った。

「死ね」という命令だけに異様な空気が流れ、胸のつかえるようなやりきれない沈黙の時が過ぎた。私は、中村司令から預かった印鑑を握りしめ考え込んだ。

「特攻は、決して納得のいく死に方とは思わないが、戦場における飛行機乗りとしてのひとつの死に方であろう。遅かれ早かれいずれは征く身だ」と、私は次第に冷静さをとりもどし、決心した。

「よーし、俺が行こう」

仲間の制止するのも聞かず、自ら名乗り出た。私は、すでに飛行兵曹長（准士官）になっており、偵察員でもある。人選に不足はなかろう。

血を吐くような決意に辺りはざわめいた。偵三は梅本上飛曹と決まった。

ほんの一時間ほど前、台湾行きの切符を手に入れたことを喜んだばかりなのに、急転して死の旅に立つとは。せめて、気持を整理するだけの時間の余裕が欲しかった。

飛行機を確認のため飛行場に行ってみた。胴体には少し錆がついてはいたが見事な二百五十キロ爆弾が吊るされて、道連れには手応え十分である。無線機もエンジンも良好で、何時でも出られる状態であった。なぜ飛行機だけがここに、と思ってみても無駄なこと。出撃のときが刻々と迫る。ぼろの飛行服に軍刀と拳銃という出で立ちで、日の丸鉢巻きも力一杯結んだ。もう、未練はない。すでに戦死した同期の特攻隊員（伊藤立政君）や仲間の後を追うのだ。

急を聞き、駆け付けてくれた同期生の本間孝行君に「見事轟沈を」と激励され、心の曇りはすっかり晴れた。最後の勝利を信じて、体当たりする事だけを考えながら戦闘指揮所へ向かった。

「特攻隊搭乗員整列」

五名の特攻隊員が整列し、水盃で簡単な出陣式が行なわれた。壇上に立った指揮官から、

「『彗星』は、零戦を誘導してリンガエンに向かい、湾内の敵艦に対し全機体当たり攻撃を敢行せよ。成功を祈る」

と、特攻を懇願するような口調の挨拶があった。

「神風特別攻撃隊第二十七金剛隊」である。指揮官住野中尉、四機の爆戦特攻（「彗星」一機、零戦三機の編成）。

総員が見送る中を特攻機へと急いだ。

エンジンは快調。爆弾信管のピンも自分ではずし、体当たりの瞬間を知らせる無線機の調

整にも念を入れた。

出発準備も完了し、零戦の準備を待っていた。

ふと、未練がましく家族の顔が見えてきて、両親に先立つことを、心苦しくも思った。そして、もう一人、戦死を嘆くであろう彼女のことも。だが、もう地面を踏むこともない。この世から消えるのも数時間後だ。

バンバンの中村司令との約束を果たすこともできなくなるが、あの世でお詫びすることもできよう。「お先に征きます」と、歯をくいしばった。熱いものが頬をつたった。

零戦の二機は準備完了の知らせがきたが、一機は遅れているようだった。

出撃延期

しばらくして「零戦一機がエンジン不調である」と知らせてきた。さらに「出撃を少し遅らせる」と伝令があった。

その後、故障の応急手当が間に合わず、やむなく出撃を明朝に延期することになった。

その夜、出撃祝いにと少量の酒が出て、偵四の連中の歌が始まった。箸で食器をたたき、半ばやけくそな調子で歌う「同期の桜」や「ラバウル小唄」も、自分の耳には入らなかった。

「なぜ苦しまねばならんのか」「なぜ零戦一機を置いて行けなかったのか」「あのまま行ってしまえばよかったのに」と、気持を整理しようとしても、車座の中では無駄なことだった。

一人になりたい、そしてゆっくり考えたかった。死ぬ覚悟はできていて、飛行機と一緒なら怖くはない。はっきり言って、死ぬのを待つのが辛い。

マニラ湾の夕日を眺め、じっと一点を見つめていた同期生の伊藤立政君の心境が、同じ境遇になってはじめて分かってきた。おたがいの、特攻を命ぜられた時の環境は違うが、離陸すれば着陸のない命令を、彼はどのような気持で耐えていただろうか。

「轟沈、轟沈、凱歌が上がりゃ……」私を励ます軍歌も、暗くのしかかるような雑音にしか聞こえなかった。

久し振りのアルコールで酔いが回り、外の風に当たりたくなった。

「どうか、皆んな無事に台湾へ渡ってくれ。俺は先に征くからな」

と、仲間への最期の言葉と思い、力一杯に言った。とたんに疲れが吹き出したようで、全身の力がぬけ、横になり寝入ったようだった。

「彗星」がいない

空襲警報の鐘の音で気が付いた。ばたばたと駆け出す者、つまずいて転ぶ者、どうにでもなれと決め込む者、暗闇の中でシャクトリ虫のように這い回る者。

爆音が近付いてきた。かなり低空のようだ、と思った瞬間「ドドッ」と、鈍い爆発音が二、三発響いた。飛行場が狙われたらしい。

しばらくして、同じ方角から大音響と共に火柱が上がった。

「退避せよ」の号令が乱れ飛ぶ中を、数人の部下が飛行場へ向かって駆け出した。その連中ががガヤガヤと、大声で話しながら帰ってきた。

「やった、やったー」「『彗星』がいない」「飛行機がない」「やられた、やられた」

興奮して両手をかざしている者もある。

「どうしたんだ。何があったんだ」

「こっぱみじん、『彗星』がやられた」

「なに」と、聞きただすがはやいか、飛行場へ駆けつけた。ただ夢中で走り続けた。

燃え盛る火で辺りは明るかった。掩体壕に入れてあったのに、どうしてやられたのだろうか。まるで飛行機がどこかへ持って行かれたようで、ただ、呆然と眺めていた。

「彗星」は、敵の直撃弾をくらい、抱いていた爆弾が誘爆したのだった。細かく刻まれたような機体の一部だけが燃えていた。零戦の一機にも被害が出たようだった。

死の極限状態で一夜は過ぎた。

翌二十五日午後、零戦搭乗員の後に整列して命を待った。しかし、「彗星」搭乗員の特攻への指示については何もなかった。

零戦一番機（住野中尉）の操縦席の後ろに潜り込むことを思いたち、出発するばかりの操縦席にしがみついて、「同乗させてくれ」と懸命に頼んだ。

「一機一人でたくさんだ。命を無駄にするな」

と、一喝くらい、こんこんとお説教を喰った。座席にしがみつきなおも頼んだが、整備員に足を摑まれ、引きずり下ろされてしまった。

翼を振りながら「第二十七金剛隊」の二機の零戦は爆音を残して遠ざかった。

はるか機影が視界から消えたとき、胸に込み上げてきた熱い塊りに堪え、心にポッカリあいた「虚しさ」を感じていた（記録によると、神風特攻第二十七金剛隊は、指揮官の住野機が敵艦に突入撃沈し、一機は不時着とある）。

彩雲隊に合流

一月二十五日、リンガエン湾への私の特攻出撃が不発に終わったこの日、バンバン方面の守備隊は米軍の猛烈な攻撃を受けている、との情報が入った。

四日後の二十九日夜、台湾から手配された輸送機に飛び乗った偵三、偵四の搭乗員は、バンバン基地で激戦中の中村司令以下の武運を祈りながらバシー海峡を飛び、台南基地に無事着陸することができた。

一夜明け、台南の近くの帰仁基地へ移動し、そこで「偵四彩雲隊」の健在を知り、居並ぶ「彩雲」を見た。しかし、「彗星」の姿はなかった。

バンバン基地を離れてから、後ろ髪を引かれるような思いの毎日であったが、ここまで来られたのも中村司令の決断のお陰だ。なんとしても一四一空残留員の救援に向かわねばならぬ。皆の気持は同じだった。

「彩雲」は連日のように出撃していたが、引き揚げてきたわれわれは体力の回復に努めることになり、まず衰弱した中野兵曹を入院させた。そして、一週間後には全員が通常の勤務につけるまでに体力を回復した。

その後、偵四飛行隊は、木更津から進出してきた偵十二飛行隊と交代し、内地に帰還することになった。配属先は、四国の松山基地の第三四三航空隊（源田実司令）である。

「彩雲」での再起なる

われわれは中村司令の意志どおり、「彩雲」で再起を計る機会を与えられたのである。でも、バンバンで戦っている戦友のことを考えると、手放しで喜ぶ気持になれなかった。

台南飛行場から内地行きの輸送機二機に分乗したのは、二十年二月十一日の紀元節の日であった。途中、エンジンの故障で二機とも台中に降り、翌十二日、再び飛び上がった。

敵機を警戒しながら海上に出た。キラキラと不気味に光る海。四ヵ月前の台湾沖航空戦で多くの戦友を飲み込んだ憎い海だ。誰いうとなく黙禱して冥福を祈った。

やがて、雲間に九州が見えてきた。

「懐かしいなー、あの辺りが都城かな……」

全員が窓に吸いつくようにして、偵四隊の生い立ち当時を懐かしんだ。

長田、青木、小品、瀬崎、中馬……、多くの仲間を亡くしてしまい、今また、中村司令と共に多くの仲間がフィリピンのクラーク戦線で激戦をくりひろげているのだ。

瀬戸内海が前面に大きく横たわり、松山基地が見えてきた。

「紫電改」だ。飛行場にずらりと並んだ「紫電」戦闘機の偉容に磐石の守りを感じた。

一日も早く、「彩雲」で立ち上がり、再び戦線に帰ろう。私は、中村司令から預かった二個の印鑑を握り締め、早春とはいえまだ雪をいただく山々を眺め、内地の土を踏んだ。南方馴れしたわれわれには寒さがズキンとこたえた。

十九年三月に一四一偵四が発足して約一年、その間に台湾沖航空戦とフィリピン方面でよく戦ったが、戦死者四十名、搭乗員の七割を失ってしまったのである。

そして、中村司令は一四一空の整備員を主体とする隊員を率い、奮戦しておられるのだ。偵察第四飛行隊は一四一航空隊から三四三航空隊へ所属が替わるが、いつまでも一四一空の偵四でありたいと思っていた。

中村司令は、クラーク防衛隊として、主としてバンバン、マバラカット基地の兵隊で編成した第十三戦区の指揮をとられた。

バンバン地区は、一月二十日夜から敵の攻撃を受け始め、蹂躙する戦車と砲撃のすさまじさは辺りをふるわせ、飛び交う曳光弾は美しくさえ見えたという。

大和魂だけでは、大火器や戦車の前には歯がたたず、斬り込みと夜襲の戦術で反撃に出たが、その兵力のほとんどを消耗してしまい、ついに後退をよぎなくされた。

二十三日、バンバン飛行場はついに敵の手中におちたのである。

十三戦区は、四月上旬、指揮官中村大佐以下数名となりながら、ノバ方面へ移動したもようで、中村大佐は、六月十日頃戦死と推定される。十三戦区千七百名のうち生存者はなしという状況であった、と聞きおよんでいる。
ご冥福をお祈りする。

第九章　三四三空での本土防衛戦

偵四の新しい任務

比島から引き揚げてきた偵察第四飛行隊は、昭和二十年二月一日付で第三四三海軍航空隊の所属となり、飛行隊長・橋本敏男少佐のもと、「紫電改」戦闘機隊の偵察隊として発足した。

一同勢揃いして司令の訓示があった。司令は精悍な顔立ちの源田実大佐で、甲高い声で訓示された。本土決戦に備え、制空権を確保し、態勢逆転のきっかけにしようとする決意のほどがうかがわれた。

われわれ偵察隊の任務は、「彩雲」の駿足を利用して、いち早く敵情を入手し、味方の戦闘機隊を有利な体勢に展開させることである。

風雲急を告げるとき、ずらりと並んだ「紫電改」と「彩雲」の威容に力強さを感じた。

トラック島でのあ号作戦で「彩雲」に愛着を感じたあの日から一年、いよいよ「彩雲」に搭乗する日が来た。速力も高高度飛行性能も、まさに世界一の偵察機である。

偵四は他部隊から搭乗員を迎え、実戦の経験者、未経験者を含め士官二十名、下士官兵五十五名の大所帯になった。

かくして、比島の洞窟から撤退したわれわれは、無事に偵四本隊に合流し、三四三空の偵察隊として本土防衛の第一線に立ち、再起することができたのである。

「苦難を乗り越え、再起せよ」と説かれ、比島バンバンで激戦中の中村大佐にぜひとも知らせたい思いが込み上げてくる。

特攻隊の刻印を解かれていない私は、宙に浮いた状態で二、三日過ごしたが落ちつかず、隊長へ申し出た。源田司令からの返答は速かった。

「田中飛曹長にはやってもらいたいことがまだある。したがって君の特攻については当分私が預かる」と。

特攻としての出撃は先へ延びたものの、死を待っていることには変わりはない。

「奇兵隊」決戦へ

発足早々に猛訓練が開始され、雪中駆け足、断髪令と矢継ぎ早にハッパをかけられる。そして、「各自の頭髪と爪を切って小箱に入れ、遺骨代わりとしておくように」と指示されたほどで、戦局の挽回へ向け不動の決意が込められていた。

三四三空を剣部隊と命名し、テント張りの「紫電改」の各陣営には、新撰組（戦闘三〇一飛行隊)、天誅組(戦闘四〇七飛行隊)、維新隊(戦闘七〇一飛行隊)と、それぞれのぼり旗をなびかせていた。

偵四は、米仏艦隊を迎え撃った長州の人、高杉晋作にあやかって「奇兵隊」と名付けられ、待機所に高々とのぼり旗が立ち、天を突く勢いだった。

偵四隊の兵力を二個分隊に分け、渋澤義也大尉、渡辺廉平大尉がそれぞれの分隊長となり、操縦、艦型識別、通信等の技量向上に切磋琢磨した。

この日、乗組(ペア)の編成が行なわれた。ペアとは、生死を共にする組み合わせでもあり、搭乗員の関心は高い。

発表を見て「うーん」と、小さい唸り声はあっても波も立たず、命令に従うだけで恨みつらみはない。生死の現場では何時も一心同体である。

ペアは、二座機なら操縦員と偵察員、三座機なら操縦員・偵察員・電信員であり、大型機になれば配置も増え人数も増える。

私のペアは渡辺大尉(操縦)、田中飛曹長(偵察)、知原宗一上飛曹(電信)ときまった。各ペアはたがいに団結を誓いあい、敵を求めて出撃していった。

この頃から、学徒出陣の若い士官搭乗員が増え、実戦に備えての訓練も行なわれ、そして下士官兵搭乗員ともども、体育や内務にも心掛け、国防の第一線に立つ気迫がうかがわれた。

内地での生活は、戦地と比べ食事の心配はなく、月に一、二回の外出も許され、道後温泉辺りまで足を伸ばし、英気を養うことも可能だった。困ったのは虱だ。ホワイトチーチーが

三四三空偵察第四飛行隊「奇兵隊」の搭乗員。画面左端に立つのが著者。前列のいすに座るのは左から橋本敏男飛行隊長、相生高秀飛行長、渡辺廉平分隊長

衣類の折り目に列をなしているほどで、ドラム缶で湯を沸かし、熱湯での消毒が盛んに行なわれた。

ある日の作業中、突然に空襲警報が鳴り、北の方角から青空にくっきりと飛行雲を引く大型爆撃機の編隊があった。針路は頭上へまっすぐだ。「綺麗だなー」と身の危険を忘れ、見とれていた。「サーッ」と聞き慣れた爆弾の摩擦音でわれに返った。「もう駄目だ」、近くの溝に飛び込んだ瞬間、猛烈な光と音と爆風に息もできなかった。

かぶった土を払う。煙りが立ち込め、ようやく辺りが見えてきた。百メートル先の兵舎群に着弾して、かなりの被害があった。

その日以来、身の危険を感じ、基地外の洞窟に移り寝起きするようになって、外出もますます厳しくなった。

隊内での生活は、未帰還機があれば遺品の整理もあり、戦地と変わりはないが、家族からの便りやラジオのニュースも速く、それだけに、本土の

防衛の責任をひしひしと感じていたし、爆撃の度に被害を受ける国民の姿を直視するのが辛かった。

戦爆連合に挑む「彩雲」

三月十八日の九州南部への敵機来襲の情報から、松山基地では、即時発進できる臨戦態勢に入り、夜を徹しての整備作業で試運転の音が絶え間なく聞こえていた。

三月十九日、空母（十五隻）からなる敵機動部隊は四国沖へ接近しつつあった。

午前四時、偵察機搭乗員の整列時刻だ。四組のペアは千載一遇の好機にやや緊張ぎみの面持ちで橋本隊長よりの戦況説明に耳を傾ける。

辺りはまだ暗いが試運転も終わり、東方の稜線はうっすらと見えて、静かな夜明け前のひとときだ。午前五時四十分、「彩雲」三機が二千馬力の快音を残し、四国南方の敵機動部隊を求めて飛び立った。

私は無線傍受のため防空壕の電信室に入った。壕内は明るく決戦前の緊張が続いた。

待つこと一時間、甲高い電信音が飛び込んだ。高田機からだ。

『敵機動部隊見ゆ、室戸の南三十浬、〇六五〇』

他の「彩雲」からも発見の入電があって、壕内は急に慌ただしくなり殺気立った。

『我エンジン不調、引き返す』、高田機からだった。どうしたのかな……。続いて、

『敵大編隊、四国南岸北上中』

三四三空偵四が松山基地で本土防空戦を戦っていた昭和20年３月当時のひとこま。左から豊島飛曹長、著者（飛曹長）、福井飛曹長、及川少尉

上の写真と同じころの撮影。出撃前なのだろうか、鉢巻き姿の著者。後ろは左から中野、小川、丸次

『さらに敵大編隊見ゆ、地点高知上空』

サイレンが鳴り渡り、警戒警報が発令され、待機中の「紫電改」の一隊が発進していった。

「彩雲」一機も索敵のため「紫電改」の後に続いて離陸する。

『敵は戦爆連合約五十機、北上中、高度三千メートル』

高田機から矢継ぎばやに入電があり、

『さらに敵三個編隊見ゆ、戦爆連合約百機北上中、高度四千メートル、高知の西二十浬』

敵情が櫛を引くように読み取れる。もちろん上空で待機中の「紫電改」にも通報される。

〇七四〇頃、またも高田機からだ。

『ククク　ホヘ（自己符号）』（ク連送＝われ空戦中）が打電されてきた。敵と交戦中だ。一瞬、壕中はシーンとなった。単機で敵の戦闘機群に立ち向かう操縦員・遠藤上飛曹の叫び声が聞こえるようだ。電信員の影浦上飛曹も機銃で応戦しているか。こうなってはいかに駿足の「彩雲」とて敵を振り切ることは至難の技だ。

「遠藤、頑張れ」私の後ろで早川上飛曹が叫び、みんな固唾をのんで電信機をにらんでいる。単機で敵編隊に立ち向かう「彩雲」の姿を思い、「離れろ、逃げろ」と私は心で叫び祈るだけだった。

『ワレ突入ス』『――――（長符）』

五秒ぐらいであったろうか、プツリと発信音は切れた。心臓に針の刺さった響きだった。

高田機を呼び続けたが応答はなく、通信は途絶えた。

やったか！　刀折れ、遂に体当たり自爆したのだ。搭乗員三名の顔が、脳裏を駆け巡った。運命とはいえ、放たれた矢と同じじゃないか、と憤りすら感じていた。

基地では空襲警報が鳴り響き、対空戦闘が開始された。

全機発進せよ

「全機発進」――各隊の「紫電改」は先を競うように舞い上がった。私にとってはラバウル基地以来しばらく見なかった光景だった。

敵の第一波が飛来したときは、「紫電改」の一隊はすでに高度四千メートルで待機していた。そして高田機の無電連絡により、敵の来襲の前に「紫電改」の全機が発進を終え、迎え撃つ態勢を整えることができたのである。

見上げる雲間にキラッと機影が点在し、食うか食われるかの一大空中戦が展開された。

「畜生！　こん畜生！」と、喚声とも悲壮ともとれる搭乗員の叫び声が聞こえる。無線電話のスイッチを切る余裕もないのか。

敵は呉軍港を狙っているのか飛行場への投弾はまだないが、松山地区上空でも空中戦が展開された。

同期の本田稔飛曹長も撃ちまくっていることだろう。彼は天誅組の元気者だ。今晩は彼の撃墜の数を聞けるだろう。

源田司令は、壕の上で無言のまま空をにらみ、双眼鏡を握る手にも力がはいり、上空の各隊指揮官を信頼しきっているようだった。

「敵機接近」と見張員が叫んだ。

敵の一機が対空砲火をかいくぐって突っ込んでくる。ヒューと爆弾の走る音。ガーンと大音響とともに体が浮いた。地上の対空機銃が一斉に火を噴き、曳光弾が飛び交う。

至近弾で壕の一角が崩れ、壕内にきな臭い煙りが充満した。

敵機の銃撃はなおも続いたが、滑走路わきの囮機《おとりき》を狙っていたことにホッとした。

呉の方角に黒煙の上がるのが見える。柱島に停泊中の艦艇からの対空砲火であろうか。弾幕が点在する青空を背景に大きく弧を描く戦闘機、みつどもえの空中戦が展開されている。

スーと黒いものが落ちたかに見え、パッと白い傘が開き海上に降下していくのが見える。

燃料補給のために着陸姿勢に入った「紫電改」に敵機が襲いかかり、その後方から「紫電改」が迫る。息詰まるほどの戦闘だったが、無事に着陸した。

海上に目をやれば、一機白煙を引いて落ちていく。小さく水柱が立ったが敵味方不明だ。

まだ日は高いが、敵機は去り、ようやく戦闘は止んだ。全神経を燃焼しつくすような物凄い戦闘だった。壕の前には血痕が点々とし重傷者もいたようだ。壮絶と言うほかない。

この日の戦闘は午前七時十五分から午後一時まで、六時間続いた。「いよいよ内地も戦場と化したか」と、一日を振り返っていた。

この日に来襲した敵は三百五十機を数え、迎え撃った「紫電改」は約六十機。敵機の撃墜は五十八機で、空戦によるわが方の損失は十五機であった。

この日の戦闘で、三四三空は連合艦隊司令長官・豊田副武大将から感状を授与された。この戦果には、優位な態勢で敵を迎え撃てたことが大きい。「彩雲」高田機の鬼神も哭《な》くであろう捨て身の無電があったことを忘れてはなるまい。

この戦いでの戦闘機と偵察機の連携の妙を、以後の戦いの範としたのである。

壮烈！　高田機の最期

三月二十一日、高知憲兵隊からの連絡で高田機の遭難が確認された。場所は高知県高岡郡東津野村芳生野の山中である。

高田機の操縦員・遠藤稔上飛曹
（長野県出身、甲飛10期）

翌二十二日早朝、調査の命を受け田中飛曹長（筆者）、安岡豊松上飛曹、早川英夫上飛曹の三名が松山より山越えのバスで高知県の現場に向かった。日もとっぷり暮れてから東津野村役場に着いた。

村では、すでに憲兵隊の立ち会いで検死を終え、村民の手で火葬が執り行なわれていた。その夜、現場近で目撃した人たちから、当時の詳しい状況を聞くことができた。

翌日、遭難現場に案内してもらった。辺りは山深く急斜面の杉林で、機体は三つ峰にまたがって飛散していた。砕けた機体が木に刺さり、体当たりの凄まじさが感じとれた。

津野村役場助役の宮村徳実氏、山本時郎氏、西村定延氏ほか大勢の村民の方々のご支援で、現地調査を終えることができた。

その日の午後、白木の箱に納まった遺骨を胸に、村民の見送りを受け陸路を帰隊した。

遭難を目撃した人からの情報と高田機の無線連絡を総合して、次のように報告した。

昭和二十年三月十九日午前七時四十五分頃、高田機は機動部隊発見後エンジン不調となり、基地へ帰投中であった。

高知県東津野村芳生野字丙の上空において、四十機、二十機、四十機の三群よりなる敵戦爆連合と遭遇し空戦となった。

敵の集中砲火を浴びた高田機長は、もはや離脱困難と判断し、体当たりを決意した。

電信員の影浦上飛曹は最後まで敵情を打電し、操縦員の遠藤上飛曹は傷ついた愛機を操縦し、白煙を吐きながら東方より敵編隊へ突入した。そして見事に敵と刺し違えたのである。

遭難当日の天候は晴れ、雲量三、雲高三千メートル、視界三十浬であった。

機長偵察員・高田少尉は右頸部盲管銃創、胸部粉砕。

電信員・影浦上飛曹は後部より胸部貫通銃創、両腕二箇所骨折。

操縦員・遠藤上飛曹は前頭部粉砕。

現場は海抜七百メートルの山腹で、急傾斜の森林地帯である。飛行機の胴体や翼は、ちぎったように分離し、木の幹を引き裂き、山肌をえぐるようにして突き刺さっていた。

機体は三つ峰に飛び散り、体当たりの凄まじさがうかがわれた。

村長はじめ警防団、国防婦人会の方々の協力によって遺体は収容され、二十二日に検死と火葬が行なわれた。遺体は血まみれになっていたが、三名とも清潔な下着であり、出陣の覚悟のほどが感じられたと、一同涙して語ってくれた。

高田機の功績にたいし、昭和二十年八月十七日、連合艦隊司令長官・小沢治三郎より、その殊勲を認め全軍に布告され、それぞれ二階級特進された。

海軍大尉　高田満　　海軍少尉　影浦博　　海軍少尉　遠藤稔

三魂の塔

高田機を目撃した人々は、その肉弾相討つ壮烈さに心打たれ、遭難現場には四季おりおりの花を絶やさなかった。

あの日から三十年、世相も大きく変わり、村の古老たちは薄れいく祖国愛の心をなげいた。

三人の霊を慰めるとともに、永久の平和を願うしるしとして塔の建立が話し合われた。

宮村徳実、山本時郎、西村定延の三氏が中心となって同志を募り、精神的な問題も乗り越え、建立することを決定した。

谷川から多くの石を運び上げ、暑さにも負けず、寒さにも耐え、すべて村人の手によって建立作業が続けられた。足場の悪い遭難現場での工事だけに、物心両面の苦労も多く、一年数ヵ月を要したが、一心込めた石碑がついに完成したのである。

碑は「三魂の塔」と命名された。

昭和四十九年四月十五日、ご遺族を迎え、東津野村の方々により除幕式が厳粛に執り行なわれた。自然石の碑は「三魂の塔」の文字も鮮やかに、四国カルストの天狗高原を背景にして、太平洋に向かって厳然と立ちはだかっている。


「高原の桜ふぶきや新日本」　　　　高知県知事　溝渕増巳氏作

敷石の一つ一つにも建立の苦労が偲ばれ、一本の「彩雲」の脚が、碑に寄り添うようにして立っているのが印象的である。碑には「高原の……」の詩も刻まれている。

私が昭和五十五年に碑を訪ねた折には、高田機遭難当時の助役だった宮村氏は二人のお孫さんに囲まれながら、当時をしのび、三十五年の道程をたんたんと語ってくれた。

殉国の霊を追悼し、平和な祖国づくりの要にと考えられたとはいえ、このような立派な碑を村民の手で建立されたことは、頭の下がる思いである。

林業を主とするこの辺りは、人家も少なく三方を山に囲まれていて、茶畑が模様をなし、手入れが行きとどいた杉の木立ちが両側から滑り落ちるように谷間を作り、緑一色に染めあげている。

その清潔さと素朴さに、東津野村の方々の人間の奥ゆかしさを感じた。

「三魂の塔」は、三四三空偵察第四飛行隊の殉国を後の世までも伝え続けてくれるだろう。

高知県東津野村の高田機遭難現場に、昭和49年に建立された「三魂の碑」を訪ねた著者。碑の右に墜落した「彩雲」の脚柱が飾られている。昭和55年撮影

第十章　一七一空と沖縄戦

沖縄偵察

二十年四月一日、三四三空が第五航空艦隊の指揮下に入り、偵四の「彩雲」三機が鹿屋基地へ進出して、偵十一隊長の指揮を受けることになった。

この日、米軍は沖縄に上陸を開始し、嘉手納海岸に上陸した一隊によって翌二日には北・中の両飛行場が占領された。そして一週間後、敵の小型機が多数進駐してきたとの情報があった（米軍の資料によるとこの時、千三百隻の艦艇が沖縄周辺に集結したとある）。

この敵の水上部隊に対しわが方は、「爆戦」「彗星」「銀河」の特攻隊が連日出撃し、台湾の基地からも飛来した。すでに神雷桜花特別攻撃隊（一式陸攻に人間操縦爆弾「桜花」、五百四十キロ炸薬を搭載）の攻撃も始まっているとの情報もあった。

四月六日早朝、鹿屋を出撃した五航艦の「彩雲」が奄美大島の南方に敵機動部隊を発見した。この敵に対し、第一次菊水作戦が発令され、九州方面から百機の戦爆連合の特攻隊が出撃したのである。

翌七日には、一億特攻の先駆けと戦艦「大和」が沖縄めざして出撃した。沖縄からも水上特攻が出撃しただろう。戦闘は激しさを増し、海と空からの総反撃が開始されたのである。

二十年五月一日、偵四は五航艦の一七一空（翔部隊）に編入され、渋沢分隊が鹿児島県鹿屋基地へ移動し、渡辺分隊の移動は訓練と作戦の都合で六月一日になった。指揮官は、一七一空司令・小暮寛大佐、副長・金子義郎少佐、飛行長・阿部平次郎少佐、偵四隊長・橋本敏男少佐、偵十一隊長・深川少佐であった。

四月上旬に鹿屋へ先行していた「彩雲」三機の姿はなかった。沖縄方面の敵艦船への索敵、偵察、戦果確認に出撃したが、敵戦闘機に行く手を阻まれ、四月六日に江口正一少尉機、十一日に藤井佳民少尉機、三十日に姫野庸中尉機と、いずれの機も偵察成果を報告した後、未帰還となっていた。

俊足を誇る「彩雲」も、火のカーテンは簡単には潜れないということか。

空襲に明け暮れる毎日だが、隊員の士気は盛んで、出番を待つ搭乗員は何時も作戦の策を練っていた。

敵は九州南方にレーダー哨戒艦や潜水艦を幾重にも配備して、味方の出撃を見張っていることは確かだ。だとすれば、いったん離陸して出撃したと見せかけて着陸し、時間差をとっての出撃や欺電の発信という手はどうか。いや、いずれももう手ぬるい。

銀紙を大量に撒いて敵に探知させ、敵の戦闘機を引き寄せる手はどうか。あの手この手と思案もした。そして実際に列島の西側で大量の銀紙を撒いた。うまく敵戦闘機を引き寄せたかは定かでなかったが、その日の偵察は成功した。しかし、銀紙作戦は続かなかった。

未帰還機には不時着や落下傘降下もあって、地上での日本人搭乗員の識別のため、われわれは腕、救命胴衣、飛行帽にまで日の丸の印をつけだした。ついに本土も戦場になったということだ。

偵四の「彩雲」が飛ばない日があるので、不思議に思って聞いてみた。偵四の燃料使用量は、一日に二千リットルに制限されているということだった。「彩雲」の燃料積載量は千三百リットルと落下タンク七百リットルで計二千リットル。一日、一機分しかないことが分かった。三月頃からというから出番がなかなか来ないわけだ。

鹿屋基地

鹿屋基地は、鹿児島湾の東側、大隅半島の中ほどで湾に近い高台にあって、わが国有数の海軍航空基地であり、特攻基地でもあった。沖縄に上陸した米軍にとっては目の前の一大城壁と感じていたであろう。

米軍は沖縄への上陸前から、鹿屋への偵察・爆撃の手を緩めることはなく、終日、警戒警報が発令されていた。わが方は、偵察隊・攻撃隊・戦闘機隊とそれぞれに基地周辺に分散し、迷彩を施して陣取り、出撃を繰り返した。

彩雲隊は貴重な飛行機を確保するため、常にひと組の搭乗員が交替で工場からの空輸にあ

一七一空偵四時代の著者。昭和20年６月、鹿屋基地にて

たった。基地内での格納も難しくなって二キロ先の山の麓にコの字型の土の掩体壕を造って退避させてあった。このため整備作業や出撃準備に苦労も多かったが、おかげで被害はなかった。

休憩時にタバコ（ほまれ）を半分にちぎってパイプで吸う一服はうまかった。

爆撃跡の滑走路の修理に明け暮れ、市街地にも被害が出て、攻撃隊や戦闘機隊の後方基地への分散はあったが、彩雲隊はここ鹿屋で最後まで頑張っていた。

若い搭乗員たちは、未帰還機のある中でも士気の落ちることもなく、飛行機整備にも力を入れ、少しでも飛行機のスピードを上げるんだと、機体を磨き、死に場所を清めていた。そして、敵発見の第一電に命をかけ、艦型識別訓練や電信の送受信訓練に余念がなかった。

遺品整理も行なわれたが、いずれも綺麗に整理されていて、出撃への心の準備はなされてあった。前日にでも洗濯したのだろうか、何時までも主の帰りを待つネーム入りの下着が風にゆれていた。

外出が許可されても過去の賑わいもなく、鹿児島焼酎を少々頂いてくるぐらいだった。

どこの戦場でも唯一の娯楽は「コックリさん」の占いだった。三本の割り箸を中央で縛り、開いて三本の足とする。その上に円いお盆を伏せてのせ、風呂敷をかぶせる。三人が人差し指を盆の端にのせ、どちらにでも傾くようにする。他に祈禱師がいて、周りにいる者が祈禱師に願い事をする。

「A君の彼女は結婚に同意するでしょうか、聞いてみてください」

祈禱師はお祈りのあと、ゆっくりした口調で、
「結婚を承諾してくれるようでしたら足を二回あげてください。駄目なら三回あげてくださ
い」
「おーすごい、二回だったぞ」といった具合。
お盛りものも少なかったが、不吉なことはおたがいにさけていたので、コックリさんはい
つもにぎやかで笑いがあった。でも三人とも力をいれないのに盆が傾くのが不思議だった。
夜間空襲のときは、毛布を担いで近くの防空壕に潜り込んで朝まで寝ていたこともあった。
過酷な戦いに毎日のように出撃し、未帰還の出るなかでも目立った神経の高ぶりもなく、
軍隊式の礼は保たれていて、命を惜しまぬ明るい若者の集団だった。

中城湾強行偵察

敵の沖縄上陸以来、九州方面から南下する味方の飛行機は、そのすべてが敵のレーダー哨
戒艦に探知され、有利な体勢で待ち受ける敵戦闘機の攻撃を受けるようになった。このため、
このレーダー哨戒艦を一掃する命令が出されていた。
六月一日、渡辺分隊も鹿屋基地に移動し、沖縄へ一歩近づいた感じで数日がたった。
「明日は俺たちの番だ」――この言葉にはもう一つの意味があった。それは死である。でも、
待っていた命令だった。中城湾、慶良間諸島方面の敵艦艇への中央突破の強行偵察である。
索敵と局地偵察ではやり方は当然違うが、今度の任務は局地偵察である。

過去の偵察行の私の体験について、機長渡辺大尉と話し合い、打ち合わせは続いた。

敵哨戒艦のレーダー波のビームを避けるため、とにかく低空飛行で哨戒網を突破し、それ以降、天候が良ければ高高度偵察を、悪ければ雲下で実施することに意見が一致した。

低気圧接近の天気図から判断する限り、明日は高高度からの写真は無理だ。となれば、手持ち航空カメラの出番だ。なんとしても成功せねばならぬが、敵戦闘機の配備状況からすると中城湾までが勝負で、半端なやり方じゃあ帰ってこられないだろう。

機長から、「明日は海上を索敵しながら南下し、中城湾へは、東側から進入する。敵戦闘機との交戦は避けられないだろうから、操縦に専念したい。細かい状況判断は偵察員に任せる」と、また、電信員の千原上飛曹には、「見張りに専念し、機銃射撃より無線の敵情発信を優先する。カメラは偵察員に任せる」とあった。

鹿屋から沖縄の中城湾まで直距離で三百四十浬、巡航速力二百十ノットで一時間四十分の行程だ。迂回しても約二時間少々。敵戦闘機の網にも破れ目はあるだろう。

打ち合わせも終わり、中城湾、慶良間沖の見取り図もでき、眠りについた。

午前四時、夜明けを待たずに発進した。都井岬を右に見て東へ五十浬進み、南へ大きく変針、列島と五十浬離して平行に進むコースをとる。台風の接近か、風は強く、海上は荒れて、視界は二十浬もない。予想どおりの天候だった。飛行高度千メートル、雲の下を飛び、沖縄の中城湾に迫った。

午前六時、あたりはすっかり明るくなり、太陽を背にしているが雲が垂れこめ視界は依然として悪い。やむなく低空で湾内に進入する。

「右、戦闘機」と、電信員が見つけた。まだ発見されていないようだ。速力二百七十ノットで突っ込む。高度五百メートル、敵艦艇が見えてきた。

「写真を撮る、見張り頼む」

きれいなシマ模様に迷装した輸送船群に混じって駆逐艦や小型艇が前方に見えてきた。大変な数だ。

敵艦艇の上空にさしかかったが不気味な静けさが続く。二、三分たったころ物凄い集中砲火にみまわれた。引き返すこともできない。

「そのまま敵の間に突っこめ。スロットル全開、海面這って」と叫んで、写真を撮り続けた。秒速百五十メートル近い強行突破の捨て身の戦法だが、「彩雲」は実に速い。

駆逐艦からの砲火は激しいが、輸送船の近くを縫うように飛び続ける。仕掛け花火が消えたように、砲火は止んだ。敵は味方打ちを避けたのだろうか。過去の経験が頭をよぎった。ソロモン諸島、フィリピンのレイテ島と今度で三回目だ。計算していたわけではないが、これが戦争のやり方かもしれない。

グラマンの追従を許さず

泊地の状況を打電していた時、曳痕弾が右翼上面をかすめた。

「グラマンだ！　雲へ」

火器の力が違う。戦闘機にかまってはいられない、逃げるが勝ち。まもなく沖縄の陸地にかかったが、一撃だけでグラマンは来なかった。

「針路西へ」

落下槽を落とそうとしたが、陸地を離れてからと考え直し我慢していた。

慶良間列島へ近寄ったとき、スーッと白煙を引いて接近してくる一機があった。

「敵戦闘機！」

ロケットを使用しての追跡か。

「左後方から」と聞くや、電信席の機銃が火をふいた。

「左へ滑らせて」

機体に振動を感じるほどのスピードで滑りながら退避した。一撃だけで、それきりグラマンの姿は見なかった（飛行機の姿勢を水平のままで、横に滑らせるようにすると、敵は照準を狂わせる。姿勢を傾けて旋回しながら敵の射線を避けようとすれば、その旋回方向の先を狙ってくるため敵弾の命中率は良くなる）。

エンジン快調。いち難去って余裕も出た。それにしても、増槽を付けたままでも良く滑ったし、電信席が後ろ向きになっていることは、後方の見張りや射撃には好都合だ。うまく設計したもんだと感心し、「彩雲」に乗れたことを誇りに思っていた。

陸上では戦闘が繰り広げられているに違いないが、視界も悪く見えなかった。

帰りは列島西側を北上し、索敵に努め、敵機への見張りが続いた。列島半ばで味方の小型

飛行中の「彩雲」の機内。後方の電信席から前方の偵察席を撮影したもの。偵察員の後ろ姿越しに偵察員用計器盤（黒い羅針儀の下に速力計、高度計）、その奥の透明な仕切りの向こうに操縦員の飛行帽が見えている。偵十一の整備分隊長・榎本哲大尉撮影

機の編隊に遭った。いずれ自分もと、成功を祈って特攻隊を見送る。

「彩雲」の駿足は、ついに敵戦闘機の追従を許さなかったのだ。こうして、無事に帰り着くことができた。まだ落下槽を付けたままだったが、機体に弾痕はなかった。

出撃にかける整備員の苦労を見逃してはなるまいと、握手をして感謝の気持を伝えた。彼らは増槽を持ち帰ったことに驚いていたが、在庫が少なく助かったとも言っていた。

この日の成果は、数多くの輸送船と駆逐艦程度の小型艦で、空母や戦艦の大物は発見できなかったが、敵艦の配置図をつけて報告を終えた。

息の止まりそうな偵察だったが、万難を排し、正確で子細な敵情を持ち帰るのが偵察機の任務でもある。「まだやってもらいたいことがある」と、源田大佐から言われたのはこのことであったろう。敵の火力と物量を見せつけられた沖縄偵察だった。スピードの遅い「彗星」偵察機だったら、帰還できなかったろう。

この四年間に、「九四式水偵」から「零式水偵」「彗星」「彩雲」と偵察機を乗り継いできたが、それぞれに特徴があり、高高度写真偵察等の性能の向上も素晴らしくなった。

しかし、変化する戦闘場面にどう対処するかが生死の分かれ目で、戦争は命のやりとりだということを肝に命じ、戦争経験の浅い搭乗員との会話にもますます力が入った。

だが、「彩雲」の犠牲は後を絶つことはなかった。

特練同期の活躍

偵察特修科の同期生のニュースが飛び込んだ。偵十一の彩雲隊に所属する伊藤国男飛曹長の活躍だった。二十年二月といえば内地から南方へ進出するのは難しい頃だ。

二月十一日、「彩雲」三機が木更津を出撃し、硫黄島経由で十二日にトラック島へ無事に着いた。十九日から硫黄島への敵の上陸が始まっているから、間一髪ということだ。

偵察目標は敵の基地ブラウンだった。局地偵察を繰り返し、その都度、高高度からの写真偵察に成功し、多くの情報をもたらしている。銀河隊のウルシー攻撃の事前の偵察にも「彩雲」が活躍したと伝えられた（戦後に得た情報によると、潜水艦で「彩雲」をトラック島へ二機運んでいる）。

第十一章　運命の夏

同期生との再会

夏の鹿屋基地は、灼熱の太陽と彼我の爆音に明け暮れ、敵機の来襲の間隙をぬって特攻機が出撃し、まさに最前線基地の様相を呈していた。

偵四は、沖縄方面の敵艦艇の偵察に全力を傾注していた。七月下旬のある日、私は暑さを避け、翼の下で待機していた。

「よー、田中」

突然の声にふりむくと、同期生だった。

「いやー、菊地じゃないか、よく生きてたな」「貴様もな」

飛び起きて、抱き付かんばかりに両肩を叩きあい、たがいの無事を喜び合った。

東北なまりの彼は相変わらず陽気だ。四年ぶりの再会だが、士官の身形《みなり》もすっかり板につき、颯爽と現われた彼に力強い味方を得たような気がした。

「偵四に貴様が居ると聞いてな、嬉しかったよ。『彩雲』は初めてだからよろしく頼むぞ」

彼はニコニコと、まだなにか言いたそうなはしゃぎかただった。

「菊地、いままでどこにいたんだ」

「ラバウルから帰って、山形の神町航空隊で教官をしてた。おい、おれな、嫁さんを貰ってきたぞ」

白い歯を大きく見せて、肩をゆするようにして小指をチョット立てた。そう語る彼は、とても幸せそうだった。

「きーさまー、やったなー。よかったなー」

その夜、薄暗い洞窟の中で焼酎を酌み交わし、たがいの武運を祝い、時のたつのも忘れて語り合った。話の内容は同期生たちのことが多く、ラバウルやガタルカナルでの彼等の戦いの模様、また、南太平洋海戦での捨て身の奮戦ぶりに一段と力が入った。

「同期の連中も少なくなったろうな」

彼の言葉は低く重かった。広い戦線だけに生存者を確認するのはとうてい無理なことだが、二割は生きているだろうか。おたがい自分なりに死を受けとめていた。酔いが回り、どちらからともなく横になってしまった。

予科練入隊時、菊地は六班、私は七班だった。銃剣術、カッター、相撲でも良き相手だった。彼は背も高く飛行服を着てもなかなか似合う男だった。六ヵ月後、彼は操縦へ私は偵察へと配置されたが、卒業までの一年三ヵ月、同じ釜の飯を食った仲だった。

菊地も二年前、陸偵（ラバウルの一五一空）でソロモン諸島の局地偵察を経験しており、ソロモン生き残りの操縦と偵察の二人だ。鬼に金棒ってところだ。今後、沖縄決戦での彼の活躍が期待され、偵察隊にとって貴重な存在となった。

菊地機の事故

菊地克久飛曹長は着任早々、偵察機「彩雲」の講義を受け、飛行も終えた。八月四日の飛行命令の搭乗割では菊地機は作戦試飛行とあって、整備を終えたばかりの「彩雲」五号機の試験飛行を実施し、結果が良ければそのまま沖縄偵察に向かうことになっている。

私は、偵察員として同乗することを再々申し入れたが、海軍の習慣で作戦機への同期生の同乗は許されなかった。

彼は、やや緊張した面持ちで沖縄への出撃を申告し、元気な足取りで乗り組んでいった。ペアの偵察員・有井上飛曹と電信員・綱島正二飛曹が機長に続いた。

入念なエンジンの点検も終わり、彼は親指を高々と上げエンジンの好調を告げた。続いて両手を軽く左右に開き、チョーク（車輪止め）をはずすように合図した。そして、誘導員の指示にしたがい「彩雲」はゆっくりと滑走路に向かって動き出した。

ここ南九州上空は敵機の来襲が激しい。彼は上空を警戒しながら、私と視線が合ったとき、にっこりと「大丈夫だ」と言いたげに親指をチラッと見せた。誰でも初めての機種には緊張するものだが、彼の笑顔には余裕すら感じられた。

やがて滑走路の端の方角にエンジンの轟音とともに砂塵が舞い上がった。機はしだいに速度を増し、大きな尾部をやわらかく持ち上げ、一、二回軽いバウンドをのこして滑るように宙に浮いた。そして緊張の三十秒はすぎ、噴煙たなびく桜島の方へグングンと上昇していった。「よーし」と、私はおもわず両こぶしを握って力んだ。

その後、二回ばかり基地の上空に姿を見せたが、味方の特攻機の離陸を避けるためか遠ざかっていったようだった。

太陽はようやく西に傾き、疲れを感じた私は指揮所の椅子にふかぶかと腰掛け、金色に輝く積乱雲のふちどりを眺めて考えごとをしていた。そのとき、急に指揮所の中がざわめき、当直士官が菊地機からのエンジン不調の無電を報告した。

居合わせた者が一斉に外に飛び出した。敵機は来ていない。「今のうちに帰ってきてくれれば」と、「彩雲」の機影をもとめて祈る思いで空を眺めていた。

ほんの五、六分もした頃だった、「『彩雲』が高須沖に不時着」と伝令がとんだ。

「まさか」と思ったが、菊地機のほかに飛んでいる「彩雲」はいないはずだ。

「田中分隊士、すぐ行け」

隊長のどなり声を背に、救護隊のトラックに飛び乗り、敵機の来襲も気にせず山越えの近道を突っ走った。下り坂にかかったとき、はるか海上に煙りと油らしいものの浮くのが見えた。浜からは二百メートルと離れていないようだが、油はかなり広く散っている。

ようやく砂浜にたどり着いた。浜では事故を知った漁民がおおぜい集まっており、小舟も準備していた。

その時、かすかに「分隊士、分隊士」と呼ぶ者があった。振り向くと、浜に揚げた漁船のかげに有井兵曹と綱島兵曹が横たわっていた。二人は油でまみれた上半身を起こし、興奮ぎみに海上を指さし、

「不時着して脱出したら、まわりは火の海だった」と告げ、機長の安否を気づかっていた。私たちは、浜辺をくまなく探したが菊地の姿はなかった。海上のどこかで泳いでいるのかもしれない。さっそく小船（伝馬船）をたのんで海に出た。波はなく、火災はすでにおさまっていた。

事故で殉職した著者の同期生・菊地克久飛曹長（宮城県出身）

浮いている油をよけながら風上側に回ったときだった。海底に飛行機らしい黒い影を見付けた。錨をおろし、漁民の一人が確認のために潜った。不安と期待の数分がすぎた。おそろしく息のながい人だ。ようやく泡とともに浮上し、おおきく一息ついて、
「いるいる、操縦席に」と、しずんだ声で言った。
恐れていた最悪のことがおきてしまったのだ。水深十メートルもあるだろうか。遺体を引き揚げるために、立て続けに潜ってくれた。しかし、どうしても座席バンドを取り外すことができなかった。目印にブイをいれ、ひとまず浜へ帰ることにした。

浜では、陸軍の憲兵も来ており、遺体の収容作業の打ち合わせが行なわれた。漁民の希望もあり、私の代わりに看護兵が行くことになった。小舟には筵《むしろ》と毛布が積み込まれ、ふたたび現場に向かった。

敵機の来襲は夕方になっても止む気配はないが、攻撃目標はあいかわらず飛行場の施設のようだった。

陽はすっかり西に傾き、遺体の引き揚げが終わったのか小舟が動きだした。小舟はようやく波打ち際に漕ぎよせられた。憲兵が駆け寄る者を制止しながら一喝した。

「検死の済むまでは対面してはいけない」

毛布に包まれた遺体をトラックに移し、浜の方々へ厚くお礼を述べ、夕陽に染まる浜をあとにした。

途中、空襲で何度も退避したが、そのつど草花を採ってきて遺体に供えた。辺りはすっかり夜のとばりがおりてしまい、私は目の前の動かぬ彼をじっと見つめていた。

「三時間ほど前にあんなに元気だった彼が」と、人間の運命というものに胸を塞ぐ思いがした。そして、ふと、一年前のトラック諸島楓島での遺体収容のことを思いだした。

私が飛行兵に志願したのは、祖国のためにとすすんで選んだ道だった。だが、友の死に直面すると戦争の悲惨さが身にしみ、明日はわが身と覚悟を新たにせざるを得ない。

その夜、彼の検死が行なわれ、同期生の私が立ち会うことになった。洞窟の薄暗い医務室で、白い布で覆われた彼に対面した。

顔の布をとった瞬間、手が金縛りにかかって血の気が引くのを覚えた。「菊地飛曹長に間違いありません」と、答えるのに精一杯だった。致命傷となった眉間の傷は深く、衝撃の大きさが伝わってくるようだった。なにか語りかけるような口もと。「俺もすぐに行くよ」と、両手を合わせて冥福を祈った。

空襲下のことでもあり、その夜のうちに荼毘《だび》に付すことになった。全員が集まって心ばかりのお弔いが行なわれた。私は、忙しさで悲しむ余裕もなかったが、最後の別れの時、堰を切った涙は止めようがなく、思いきり泣いた。

危機一髪の不時着事故

菊地機の事故から七日目の八月十一日、私のペアは、「彩雲」偵察機で沖縄偵察のための作戦試飛行に出発した。

上空から見た飛行場は、被爆の穴が月面を思わせ、特別攻撃隊の出番を待つ赤トンボ（練習機）が五、六機翼を休めていた。練習機による体当たりは、むごいように思えてならない。飛行機の生産に底が見えてきたということだろうか。

二十分も飛んだ頃だった。エンジン潤滑油がもれ出したか、操縦席の風防ガラスが油幕で覆われ、時間とともにその量が多くなった。危険を感じ飛行場に引き返すことにし、念のため基地に打電した。沖縄偵察行は断念せざるを得なくなった。

操縦員は懸命に回復に努めたが、エンジンの回転数は減るばかり。風防ガラスは油で真っ黒になり、前はまったく見えない。機首を左右に振り前方を確認しながら飛び続けた。ふと不時着が頭をよぎり、機体の振動に不安はつのるばかりだ。

飛行場まではかなりの距離はあるが、幸い海は近い。最悪の場合は海に不時着することを覚悟し、エンジンに望みをたくした。

エンジンの不調は過去に経験もしているが、不時着だけは免れてきた。しかし、こんどは違う。ときどきエンジンが息をつき、いまにもプロペラの回転が止まりそうだ。

ようやく滑走路を確認できるところまで来た。鹿屋基地は高台にあって、滑走路の両端は崖になっており、下手をすれば崖に激突するかもしれない。

油漏れは止むどころかますますひどくなり、顔を出せば眼鏡も油がかかって真っ黒になるし、座席にまで流れ込んできた。

海か。飛行場か。ほぼ等距離のところまで来た。飛行機も助けたい。「よし飛行場だ」と、ようやく機首を滑走路に正対したときだった。息をつきながらも回っていたエンジンがついに回転を止めた。機は、滑空状態でぐんぐん降下しだした。

少しでも機体を軽くしようと落下傘降下まで考えてみたが高度が低すぎる。運よく崖を越えても、滑走路からはみだせば転覆はまぬがれないだろう。機首方向を修正しようとしてもほとんど舵は利かない。「海にすれば良かったか」「もう駄目だ」と、あきらめ半分に気も動転しそうだが、生か死か、あとは運を天にまかせるしかない。

地上の人も家もはっきり見える。体が地面に吸い込まれていくみたいだ。

「最後まで望みを捨ててはいかんですぞ。スイッチ・オフ」と、大声で操縦席へ伝えた。渡辺大尉も必死で機を操っている。

絶壁が大きく目の前に迫ってきた。「駄目だ」――瞬間、背筋に冷たいものが走り、草むらが後ろに飛んだ。

「助かった」

前方を確認するため座席に立った。まだ接地していないが滑走路をはみだす状況であって、しかも、前方には練習機が並んでいた。距離は百メートルもない。

「右へ、右へ」

着陸のショックを感じてから数秒。すぐ前に練習機がいる。

「危ない、やった」――座席に座り込んだ瞬間、こんどは凄いショックと同時に左に振り回された。

気がついたときは、頭を床につけ逆さまになっていて息の根を止められたように苦しかった。どのぐらいたったか分からないが、ほんの一分ぐらいかもしれない。

もがくようにして立ち上がり、自分の飛行機を見て驚いた。エンジンがない。左翼はもぎ取られたか胴体に付いていない。真っ黒な胴体が傷だらけの右翼を付けて地面に座り込んでいるみたいだった。

後席の電信員(知原上飛曹)は無事だった。だが、前席の渡辺大尉は頭を垂れたまま身動きひとつしない。操縦席に馬乗りになって頭をおこして見ると、眉間から血が吹き出し、顔は血で真っ赤だ。揺するようにして呼び続けた。気がついたかかすかに頭は動いたが、目はつむったままだった。急いでマフラーをはずし血止めにと傷口に巻いた。

その時、練習機の髭の整備の士官が軍刀を抜いて近寄り、操縦員にいまにも切りかかろうとした。私は、これを止めるのに懸命だったが、血に染まった顔を見て驚いたのか軍刀をおさめてくれた。一時はどうなるかと心配したが、ことなきをえてホッとする。

指揮所の方角へ手旗をおくろうとした時だった。私は、頭がキリキリと痛みだし、右手がしびれ、右足の力が抜けたようになってその場に倒れ込んでしまった。

まもなく駆けてくる一団が見え、ようやく辺りを見る余裕ができた。やはり練習機と衝突してしまったのだった。相手もかげをとどめぬぐらい破壊していた。

現場の状況から推測するに、練習機とこちらの左翼がぶつかったもので、三メートルも左によっておれば命はなかったろう。

この事故で私は、「後頭部頭骸骨陥没、右肩骨折挫傷」という重傷を負ってしまい、治療後、仮設の宿舎に横たわる身となってしまった。

気持が落ち着いてふと特攻のことに気が付いた。すっかり忘れていた。まだ飛行機に乗るくらいはできる。早速、橋本隊長へ申し出た。

「もうよい」と一言あって、後は傷を心配しておられた。

横になって休んでいると、仲間に申し訳ないような気がするが、ただ痛みにたえていた。

戦艦「大和」の奮戦以来、総員が特攻への気概に燃えていた。しかし、広島・長崎の新型爆弾のニュースに一抹の不安は拭い切れなかった。心なしか仲間うちの口数も減って、話題は攻めから守りへ変わっていった。

宿舎の前の広場では、敵の上陸に備えて、抜刀術の居合い切りや試し切りが行なわれ、笑い声が聞こえる。

私は傷の痛みに耐えながら、遠くラバウルを思い出し、竹やりなどのことも考えたり、フィリピンの中村司令の安否を気遣っていた。

偵四最後の犠牲者

八月七日、「彩雲」偵察機一機（操縦・高森一義少尉、偵察・藤村久芳上飛曹、電信・下森道之上飛曹）は、沖縄在泊艦船並びに基地偵察の任務で〇九三〇鹿屋基地を発進した。偵察を終え帰投中に敵戦闘機と交戦したが、駿足及ばずついに被弾、一二三〇喜界島に不時着した。八月十六日、七二一空の戦闘機三機の座席の後ろに各々が便乗し、鹿屋基地へ向け喜界島を離陸したが、帰投中に下森上飛曹の同乗機が遭難した。偵四最後の犠牲者であった。

索敵のため出撃し敵部隊発見を打電、以後連絡の途絶え未帰還となった者。敵機と交戦中を打電し、連絡が途絶え未帰還となった者。エンジン故障で不時着した者。まったく音信のないまま未帰還の者。敵の編隊と交戦し被弾、状況を打電しながら編隊に体当たりした者。それぞれに状況は異なるが、いずれも壮烈に戦い、出撃機の半数は未帰還だった。

偵察第四飛行隊は二十年二月に「彩雲」偵察機で本土防衛の任務についてから終戦までの

六ヵ月の間に、未帰還機十一機、帰途不時着二機、作戦試飛行中の事故二機、訓練中不時着一機、三十六名の犠牲者があった。

最後の飛行

八月十五日、終戦の詔勅が放送された。若い搭乗員たちは、この玉音を信じようとしなかった。いならぶ興奮ぎみの部下たちに対して、上司の説得が延々と続いた。

堪えきれずに列を離れる者、ひざまずいて泣く者、「高隈《たかくま》山に籠って最後の一戦を」と叫ぶ者。一同は、考えたこともない事態に直面し、怒りと、戸惑いと、悔しさで頭の中が一杯だった。

「戦友の死を無駄にするな。耐えるところは耐え、再起をはかろう」と、誰かが叫んだ。

しばらくして、飛行長阿部少佐が壇上に立った。

「明日までに基地明け渡しの準備を完了すること。完了次第、休暇をあたえる。それぞれの郷里に帰り、待機して命令をまつように。決して軽率な行動をとってはならぬ」

いよいよこの基地にも敵が上陸してくるのだ。

この時の「休暇」という一言が緊張をほぐしたことの意義は大きかった。さすがは剣道達人の阿部平次郎少佐だと感心もした。

ようやく平静をとりもどしたころ（まだ放心状態の者もいたが）、次々と指示が出た。

「飛行服や搭乗員の持ち物一切を焼却せよ」

「機銃や無線機等は海上に投棄せよ」

真夏の太陽と焼却の火を全身に浴び、納得のいかぬ思いも汗とともに飛び散り、作業は黙々と続けられた。

ふと、フィリピンで飛行場を放棄し山に入ったときのことを思い出した。あの時も書類や持ち物をどんどん焼いた。そして「飛行機乗りと分かるような服装をするな」と、デマがとんだ。今回はデマではない。はっきりと、

「搭乗員は、明日、朝食をすませたのち速やかに基地を離れるように」

「敵の一番恐れているのは、搭乗員であり、特に神風特攻隊である」と、達せられた。

敵とて人間だ。特攻隊員にたいする警戒は大変なもののようだ。

眠れぬままに一夜は明けた。搭乗員たちは、おたがいに再起を誓って基地を去っていった。

私は、菊地君の遺骨を首に掛け、右手を首に吊り、頭には包帯をしたまま軍刀を杖がわりにして歩き出した。汗にまみれようやく鹿屋駅にたどり着いたものの、乗客は列車の屋根にまで鈴なりの状況で、まったく途方にくれてしまった。とぼとぼと飛行場の指揮所に帰り、身の振り方を考えた。

飛行場は閑散としており、昨日までの轟音は嘘のようだ。ただ頭の痛みだけがジーンジーンとひびいていた。「高隈山で自決」と真剣に考えていたとき、

「要務飛行で小松基地まで『彩雲』を一機飛ばす」という情報をえた。そして、その最後の飛行に搭乗することが許可された（終戦の日、整備中の「彩雲」三機と「白菊」練習機一機が残

っていた）。

地上の暑さにくらべ二千メートル上空の機内は快適で、通常三名のところに五名乗ったが、兵器のない座席も居心地はまずまずだった。

空から見る街は、大きいほど褐色に塗りつぶされたように焼け、瀬戸内の海だけが青くキラキラと輝いていた。呉港、広島市の惨状も確かめ、戦争の悲惨さを瞼に焼き付けていた。

十五歳で入隊して六年、その大半を戦場で暮らした。その間、海戦での洋上索敵、敵局地への挺身偵察、また、神風特別攻撃隊へも命ぜられたが、祖国のためと使命感に燃えて戦ってきた。これからは大空を飛び回ることはない。残り少ない飛行時間に、空中からの展望を飽きることなく見つめ、友にも見ろよと白木の箱を差し上げていた。

やがて巡洋艦「利根」時代の母港だった舞鶴港が見えてきた。そこには、巡洋艦「利根」「筑摩」の姿は今はない。機は日本海に出た。小松基地も間近だ。

子供の頃に霊峰と仰いだ白山の山並みを見たとき、敗北の身を嘆くように熱いものがこみあげてきた。

同期生の遺骨をしっかりと胸に抱き、脳裏にいくたの戦場での鮮烈な影を残し、大空に別れを告げた。

小松飛行場にはかなりの飛行機があって、これから「ウラジオ攻撃だ」と叫んでいた。

ここでも、士官が搭乗員を鎮めるのに苦労しているようだった。

その夜、汽車と電車を乗り継ぎ、ようやくわが家の玄関に立った。

わが子を戦地で亡くしている祖母が出てきて、私の両足をしっかりと摑んだ。
「こりゃ、ほんものだ」と、涙で孫の私を迎え入れてくれた。
仏壇には灯明が灯っていた。

郷里に復員後の昭和20年９月、戦争中ついに一度も着る機会のなかった准士官の第一種軍装で撮影した記念写真。このとき著者は「ポツダム少尉」になっていたが、階級章は兵曹長のままである

終章　平和の空へ

終戦後の日々

終戦で受けた心の傷は思いのほか大きかった。復員した私は傷痍の身を労わりながら、職を転々とした。

製材所の小番頭時代は、おが屑にまみれながら七尾湾を眺め、浚渫船の船頭時代には泥にまみれて隅田川を上り下りした。しかし、いずれも良い仲間に恵まれて、心も体も徐々に回復していった。

そのころ、突然の父の死で重荷を背負うことになり、一念発起してお茶の商いを始めたが、武士の商法か、一年と続かなかった。

心身を癒しながらの十年は、暮らしも楽ではなかったが、ただ妻子の笑顔に支えられたような日々だった。

そんな中でも大空への夢は捨てきれず、飛ぶことはかなわなくても、せめて航空士の免許だけでも……と思って受験し、幸いにも合格した。

昭和二十九年、自衛隊が発足したとのニュースに、私の心は大きく揺れだした。

海上自衛隊へ

昭和三十年一月、私は海上自衛隊に入隊、教育隊を経て鹿屋航空隊に配属となった。懐かしい基地内を歩くと、そこかしこに戦いの痕跡を見ることができた。私は、海軍時代に培った偵察術にもう一度光を当ててみたいと思った。

初の仕事は、桜島噴火に備えての避難道路建設計画への鹿児島県からの協力依頼だった。PV－2哨戒機で垂直写真を撮影し、実体双眼鏡を使って火口付近を測量して溶岩の流れを予想し、避難経路を割り出した。

一年後にP2V対潜哨戒機隊の所属となり、対潜訓練、航法訓練と新型機の性能にも慣れたころ、米国本土からのP2V二機の空輸を命ぜられた。航空士は一番機が小川安彦一尉、二番機は私（田中二尉）で、ともに海軍特修科偵察出身の一期生と二期生だ。そろって無事に太平洋を飛んだことは、終生忘れることができない思い出だ。

救難活動や災害派遣での飛行も多く、遭難漁船捜索、災害地写真偵察、血清投下などに飛んだ。遭難した航空自衛隊新田原基地所属機の捜索で、悪天候をついて行動し、三日目に救命ボートを救助したことが記憶に残っている。

昭和三十五年九月、国土地理院の実施する航空写真測量・航空磁気測量に海自が協力することになり、測量機に乗り組んだ。ほとんどが高高度飛行であったが、五年間、全国を飛び回った。瀬戸内海に架る三つの本四連絡橋は、その成果の一つである。このとき乗った測量機「くにかぜ号」（初代）は、現在つくば市の国土地理院に展示されている。

その後、昭和四十年八月、海自現役最後の任務として術科学校の写真教官を命ぜられ、定年までの八年間、航空写真の教育に携わった。

民間航空へ

自衛隊の定年は満五十歳だったが、健康にも自信があった私は、まだまだ人生半ばと心得て再就職を志した。

幸いにも航空測量業務で日本フライングサービス株式会社に入社、一年間小型機で飛び回った。しかし、北海道からの帰路に、八甲田山東側で下降気流に巻き込まれて腰を痛め、休養のため退社した。

昭和五十年に、日本航空機輸送株式会社から声がかかり、航空測量でフィリピンへ飛ぶことになった。

ＹＳ11で測量地点に飛ぶ途中、かつての戦場を空から眺め、司令・中村子之助大佐の最後を思い、冥福を祈った。また、私たちが転進したルソン島北部、特攻隊員として生死を分けたツゲガラオ基地の跡も見ることができた。

その後、日本国内での環境、植生、水質、火山等の調査も経験でき、そろそろ飛行機から降りる潮時かと考えていたとき、思いがけなくアフリカ空撮の仕事を打診された。タンザニア沿岸部の道路建設のための航空測量の仕事だった。インド洋から西には行ったことがない。迷うことなく行くことにした。

飛行機は双発のグランドコマンダーを日本からフェリーする。乗員は、坂部雄操縦士、後藤田満整備士と撮影士の私の三名。昭和五十年八月二十八日、四十日間の予定で名古屋空港

昭和35年に国土地理院が購入した航空測量機B-65P「くにかぜ号」。宇都宮の海自第202航空教育隊が運用した

「くにかぜ号」と乗員。右から著者（航空士）、中村優操縦士、田辺栄人操縦士（以上、海自隊員）、ひとりおいて日高氏、吉田新生氏（以上、国土地理院職員）

「くにかぜ号」機内で航法計算盤を手に作業中の著者。与圧されていないため、酸素マスクを着用

航空写真撮影時の「くにかぜ号」機内。画面右（左舷側）の席についた著者が偏流測定器を覗きながらパイロットに針路を指示、隣りで吉田カメラマンが、機体の床に設置された垂直撮影カメラのファインダーを見ながら撮影を行なっている

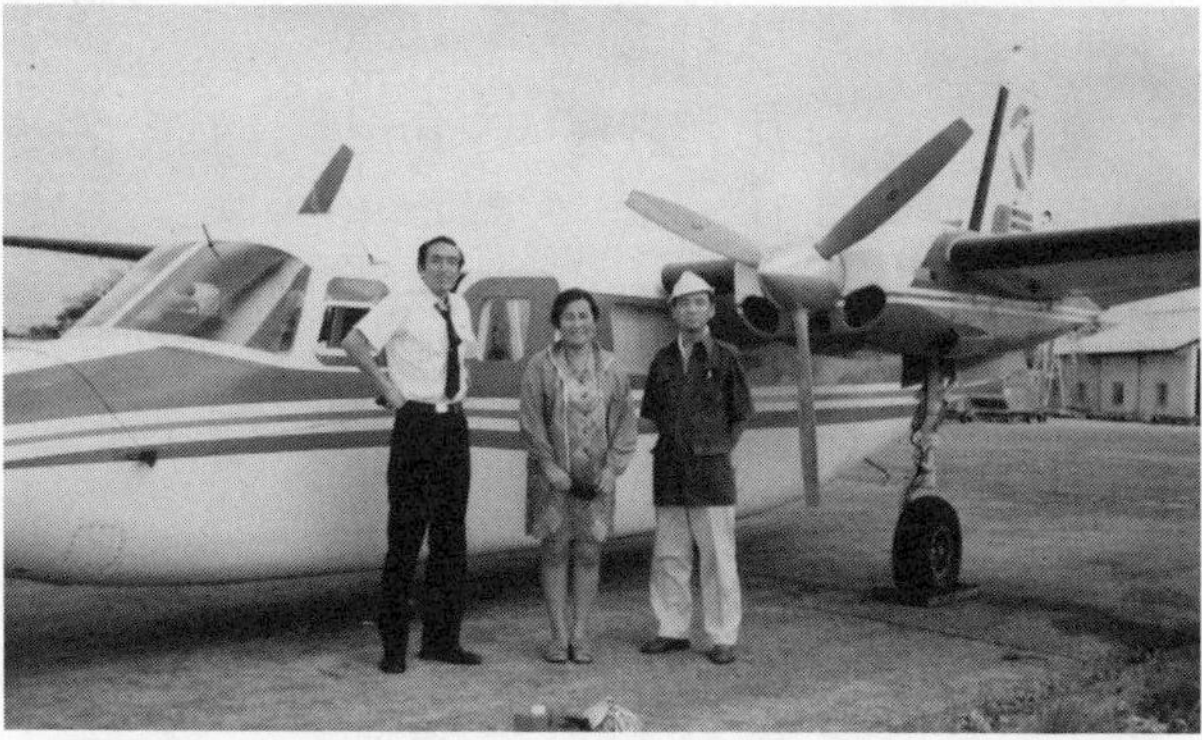

昭和50年９月、アフリカ・タンザニアで航空写真撮影に従事中、グランドコマンダー機の前で。左から坂部雄操縦士、日本大使館の鈴木優梨子氏、撮影士の著者

を出発した。

途中十一ヵ国の十六の飛行場を経由して燃料を補給しながら、九月七日にタンザニアのダルエスサラームに着いた(ちなみに経由地は、那覇、マニラ、コトキナバル、クチン、クアラルンプール、バンコック、ラングーン、カルカッタ、デリー、カラチ、ドバイ、ダーラン、ジッダ、アデン、モガディシオ、ナイロビ)。

初めてのアフリカ大陸に興奮しながらも、ダルエスサラーム空港を基地として空撮を開始した。厳しい条件下での撮影飛行も、操・整・撮の息の合ったプレーで切り抜け、十五回の飛行で測長五百キロの撮影に成功した。撮影終了の瞬間は、機内は万歳、万歳だった。

現地では、民族性、国民性の違いから思いもよらぬところで難儀したこともあったが、そんなときは通訳に当たってくれた大使館員の鈴木優梨子さんにお世話になった。

撮影終了後の九月二十七日、飛行機は一足早く帰国の途につき、一人残った私がすべての写真処理作業と後始末を終えて帰国の便に乗ったのは十月七日であった。

このアフリカでの航空測量は、戦中・戦後の私の経験と研鑽の集大成であり、飛行人生の終着駅となったのである。

あとがき

私が海軍航空兵（第五期甲種飛行予科練習生）として霞ヶ浦海軍航空隊に入隊したのは、支那事変のさなかの昭和十四年、満十五歳の秋だった。そして飛行練習生の実用機課程に進んだ二日後の昭和十六年十二月八日、日本は太平洋戦争に突入した。

その後、重巡「利根」飛行科に配属となりソロモン海戦、南太平洋海戦を経験した一年間をはさんで、陸上の航空部隊で日本海、インド洋、ソロモン群島、トラック諸島、フィリピン、沖縄と、終戦まで偵察員として飛び続けた。

その間、私は水上機（九四式、九五式、零式）、陸上機（二式艦偵、彗星、彩雲）を乗り継いで戦場を駆け巡ったが、そのすべてが偵察機であった。

海軍の飛行機は水上機と陸上機に分類され、それぞれ使用目的によっていろいろの機種がある。敵機と格闘する戦闘機、魚雷や爆弾を抱く攻撃機、急降下爆撃を行なう爆撃機などは、それぞれに勇ましい任務があり、飛行機搭乗員を目指す人間はこぞって希望したものである。

これらに比べて偵察機は、まことに地味な存在であり、特に水上機はフロートを付けていて速力も遅い。

偵察機は常に単機で行動し、哨戒や索敵を任務とし、ときには敵地の奥深くに侵入して写真偵察を強行することもある。そのいずれも、運良くいけば敵情を打電できるが、いつも成功するとは限らない。

また、艦隊決戦ともなれば、敵発見の後も危険を冒して敵との触接を保ち、その全貌を報告、味方攻撃隊を有利に導くことに努めねばならない。時には燃料切れも顧みずに行動したり、敵戦闘機の餌食になることもある。そして、その多くは最期を見届けてくれる者もなく、散り際を伝えてくれることもない。

しかし、「敵を知り、己を知らば百戦危うからず」と言われるように、作戦指揮官の目となり耳となって隠密裏に行動した偵察の成果が海戦の勝敗を決するといっても過言ではない。もちろんそのために、偵察機搭乗員には高度の技術と判断力が要求され、より高性能の機体が必要とされたのである。

本書で、語られることの少ない偵察機の戦いについて、知っていただければ幸いである。

戦後十年間の空白はあったが、海軍に入隊以来一貫して海の守りにつき、戦時中は偵察員として、戦後は航空士として勤務できたことを誇りに思っている。

民間時代も含めれば五千五百時間におよぶ戦中、戦後の飛行を振り返ってみると、その一つ一つが敵との戦いであり、また自然との戦いであって、そのすべては海軍の予科練、飛練時代に教えられたことの実践であったように思う。班長、教員たちの「お説教」には、ひとつの「あだ花」もなかったことを、何度も実感した。

もちろん、彼らの教えは「戦闘」のためのものであったが、その意味を深く読み取れば、いまの平和な時代にも役に立つものと思う。

人情味あふれる素晴らしい班長、教員たち、そして戦いの場でともに戦った多くの戦友たちとの絆は、生涯忘れることはないだろう。

比島のバンバンで、中村司令からお預かりした司令と立川隊長の印鑑は、内地で飛行機を受領するためのものだったが、使用する機会のないまま終戦を迎えた。中村司令は比島で、立川隊長は硫黄島で戦死されたため、二つの印鑑はそれぞれのご遺族に受け取っていただいた。

戦後、江田島の海上自衛隊術科学校（旧海軍兵学校）へ行った折、特攻隊員の霊にぬかづき、銅板に刻まれた隊員たちの氏名を確認した。マニラから神兵隊として出撃した同期生・伊藤立政少尉の名を食い入るように見つめ、ツゲガラオから私を置いて出撃した第二十七金剛隊の住野英信少佐の名の横に刻まれた自分の名の幻を見る思いがした。

上空から見守った特攻機の壮烈なまでの体当たりの光景は、私の記憶から消えることはない。

支那事変、太平洋戦争で多くの同期生を失い、二百五十八名中、終戦まで生き残ったのは三十六名（不明六名）だった。

戦後六十年以上たったいまも、桜の季節になると、咲く花に友の魂が宿っているようで、散る花に大空のかなたに消えていった搭乗員たちの姿を見る思いがする。

戦争で亡くなった多くの戦友の冥福を祈るとともに、彼らの壮挙をいつまでも語り継がねばならぬと心に誓って書き綴ってきたこの手記を、ここで終えることにする。

秦郁彦氏著『太平洋戦争航空史話』より、「挺身偵察の一覧」を資料として転載させていただきましたことに感謝します。

この本の出版に際してお世話になった矢野広輝様、光人社の坂梨誠司様に厚く御礼申し上げます。

二〇〇九年一月

田中　三也

文庫化にあたって

人生における最大の危機とは、生きるか死ぬかの瀬戸際に立たされたときであろう。戦場では常にこの状態であり、そこに自由はまったくなかった。

断崖に散った〝ひめゆり〟たちや、特攻で散った若者たちは、瞬間に〝お母さん〟と叫んだであろう。そして終戦。あれから七十年、世間の波は浮きつ沈みつ経過してきたが、今に至るも挺身偵察や特攻への行動で受けた心痛は癒されることはない。それほど強烈なものであった。

この文庫へのあとがきを書いている間にも、ラジオはフランスでのテロの無差別銃撃を伝えている。そして難民の移動が後を絶つことはない。彼らは言う。

「空襲を心配せずに眠りたいし、子供達に教育を受けさせたい」と。

この状況は、太平洋戦争末期の日本の強制疎開に似ている。

以前に田中角栄元総理が言った。

「戦争の経験者がいるうちはいいが、中央に経験者がいなくなったら心配だ」と。

今その時が来ている。

今年は戦後七十年。「戦場体験放送や保存」が重要視され、体験者の証言が求められている。この私も、アメリカをはじめ、国内の報道機関その他から受けるようになった。最近、特攻隊員の訓練基地だった筑波海軍航空隊記念館を訪ね、展示品を見学し、発言の機会を得た。

青春の盛りを死ぬための訓練に明け暮れ、生還の道を断たれた特攻隊や挺身偵察の状況を語り、質問を受けた。その中で特記したいのは、ミッドウエー海戦での巡洋艦「利根」の索敵機の行動であった。この海戦の直後に私は利根に乗艦を命ぜられ、一年間勤務している。戦時中は語ることを禁じられていたが、戦後になって批判した記事が多く、特に利根の四号機（甘利上飛曹）に集中していた。

ミッドウエー付近は日付変更線に近いため経度の読み方やコンパスの偏差の修正も大きく、航法には注意を必要とするが、それにもまして三百浬進出と敵発見後の複雑な行動にもかかわらず無事に帰艦している。航法技術の云々は当たらない。

洋上では航空機の航法の基点（発動点）は、あくまでも発艦したときの艦の位置である。当時、艦隊は連続三、四日霧中航行を強いられており、艦位の精度はどうだったろうか。米軍の資料によると、空母「エンタープライズ」が甘利機をレーダーで捕捉し、戦闘機に追跡を命じたが、これを巧みに避けて触接を続けたことを賞賛している。

昭和二十年五月十三日、甘利少尉は夜戦隊で索敵に出撃し、佐田岬東南百三十浬に敵空母四隻を発見、報告後消息を絶った。不思議にも後日、黒潮に乗ってか内地の浜に漂着したことに彼の執念を見る思いである。この功績を称え、後世に語り継ぎたい。

過去の大戦を戦い抜いてなお生き残った者にとって、今後成しうることは唯一つ、亡くなった戦友に代わり時代に向かって発言し続けることだ。

「二度と戦争をしてはいけない」と。

そして、仲間達の戦いの跡を残すべく航空史の研究を続けたい。必要なら遅すぎることはない。

幸い若い方で研究しておられる方も多い。その方々の期待に応えねばと思っている。

「大和民族よ永遠に平和を守り抜けよ」と叫び、やがて我が生涯も閉じるであろうが、なお生き延びて祖国の将来を見守りたい。

文庫化にあたっては、潮書房光人社の皆様の多大なご指導をいただき、厚く感謝申し上げる。

田中　三也

二〇一五年一二月

【著者履歴】

田中 三也（たなか・みつなり）
大正12年11月25日 石川県石川郡鶴来町生まれ

昭和
11年3月 石川県鶴来町立尋常小学校卒業
14年10月 霞ヶ浦海軍航空隊入隊（五期甲種飛行予科練習生）。海軍四等航空兵を命ず
14年11月 海軍三等航空兵を命ず。海軍二等航空兵を命ず（海軍入隊のため石川県立金沢第一中学校準卒業）
14年12月 海軍一等航空兵を命ず
15年11月 土浦海軍航空隊（五期甲種飛行予科練習生）
16年3月 鈴鹿海軍航空隊（十五期飛行練習生偵察専修）
16年5月 任海軍三等航空兵曹
16年12月 博多海軍航空隊（実用機教程、日本海哨戒、九四水偵）
17年2月 舞鶴海軍航空隊（九四・九五・零式水偵）
17年4月 第十二特別根拠地隊（在アンダマン島、インド洋哨戒、零式水偵）
17年5月 任海軍二等航空兵曹、呼名変更で一等飛行兵曹
17年6月 佐世保海軍航空隊
17年7月 巡洋艦利根（ソロモン海戦・南太平洋海戦等、零式水偵）
18年5月 任海軍上等飛行兵曹
18年8月 横須賀海軍航空隊（十一期特修科飛行術偵察練習生、陸偵・九七艦攻・九六陸攻・一式陸攻）
19年2月 第一五一航空隊（3月より偵一〇一飛行隊、在トラック島、あ号作戦挺身偵察等、二式艦偵）
19年7月 第一四一航空隊（偵四飛行隊、在鈴鹿第二・都城・鹿屋・比島・台湾等、台湾沖航空戦・比島方面の作戦等、彗星偵察機）
19年11月 任海軍飛行兵曹長
20年2月 第三四三航空隊（偵四飛行隊、在松山基地、本土防衛、彩雲偵察機）
20年5月 第一七一航空隊（偵四飛行隊、在鹿屋基地、本土防衛・沖縄戦等、彩雲偵察機）
20年8月 終戦
20年9月 任海軍少尉
20年10月 予備役

21年11月　能登木材工業(株)入社（26・4退社）
26年4月　隅田川工業(株)入社、浚渫船乗組（28・8退社）
29年2月　(株)日比谷商店入社（30・1退社）
30年1月　海上自衛隊入隊
30年1月　舞鶴練習隊（三等海尉）
30年3月　鹿屋航空隊（対潜哨戒機ＰＶ２・Ｐ２Ｖ乗組、航空士勤務）
35年9月　教育航空隊（岩国・宇都宮基地、B65P航空測量機くにかぜ号乗組、航空士勤務）
40年8月　第三術科学校写真科教官勤務
48年11月　自衛隊停年退職（二等海佐）。日本フライングサービス(株)入社、航測業務（50・2退社）
50年2月　日本航空機輸送(株)入社、航測業務（国内、タンザニア等の航測）（50・11退社）
51年4月　東亜写真工業(株)入社（58・1退社）
58年1月　日電厚生サービス(株)入社（63・5退社）

聯合艦隊司令長官より個人感状授与
叙勲七等瑞宝章
叙従正八位

海軍での飛行時間：１９５０時間（飛練：２００時間、零水：７００時間、特練：４５０時間、彗星・彩雲：６００時間）
自衛隊での飛行時間：２７００時間（Ｐ２Ｖ：１１８６時間、B65P：１１２４時間、その他：３９０時間）
民間での飛行時間：８５０時間（航測関係の小型機、ＹＳ-11等）
【総飛行時間：約５５００時間】

単行本『彩雲のかなたへ』二〇〇九年三月　光人社刊

NF文庫

彩雲のかなたへ　新装版

二〇二〇年六月二十一日　第一刷発行
著　者　田中三也
発行者　皆川豪志
発行所　株式会社　潮書房光人新社
〒100-8077　東京都千代田区大手町一-七-二
電話／〇三-六二八一-九八九一代
印刷・製本　凸版印刷株式会社
定価はカバーに表示してあります
乱丁・落丁のものはお取りかえ
致します。本文は中性紙を使用

ISBN978-4-7698-3172-3　C0195
http://www.kojinsha.co.jp

NF文庫

刊行のことば

第二次世界大戦の戦火が熄《や》んで五〇年——その間、小社は夥しい数の戦争の記録を渉猟し、発掘し、常に公正なる立場を貫いて書誌とし、大方の絶讃を博して今日に及ぶが、その源は、散華された世代への熱き思い入れであり、同時に、その記録を誌して平和の礎とし、後世に伝えんとするにある。

小社の出版物は、戦記、伝記、文学、エッセイ、写真集、その他、すでに一、〇〇〇点を越え、加えて戦後五〇年になんなんとするを契機として、「光人社NF（ノンフィクション）文庫」を創刊して、読者諸賢の熱烈要望におこたえする次第である。人生のバイブルとして、心弱きときの活性の糧《かて》として、散華の世代からの感動の肉声に、あなたもぜひ、耳を傾けて下さい。

＊潮書房光人新社が贈る勇気と感動を伝える人生のバイブル＊

NF文庫

提督斎藤實「二・二六」に死す　松田十刻

青年将校たちの凶弾を受けて非業の死を遂げた斎藤實の波瀾の生涯を浮き彫りにし、昭和史の暗部「二・二六事件」の実相を描く。

爆撃機入門　碇　義朗

大空の決戦兵器徹底研究

究極の破壊力を擁し、蒼空に君臨した恐るべきボマー！　世界の名機を通して、その発達と戦術、変遷を写真と図版で詳解する。

井坂挺身隊、投降せず　棟本捨三

終戦を知りつつ戦った日本軍将兵の記録

敵中要塞に立て籠もった日本軍決死隊の行動は中国軍の賞賛を浴び、厚情に満ちた降伏勧告を受けるが……。表題作他一篇収載。

サムライ索敵機敵空母見ゆ！　安永　弘

予科練パイロット3300時間の死闘

艦隊の「眼」が見た最前線の空。鈍足、ほとんど丸腰の下駄ばき水偵で、洋上遙か千数百キロの偵察行に挑んだ空の男の戦闘記録。

海軍戦闘機物語　小福田晧文ほか

秘話実話体験談で織りなす海軍戦闘機隊の実像

強敵F6FやB29を迎えうって新鋭機開発に苦闘した海軍戦闘機隊。開発技術者や飛行実験部員、搭乗員たちがその実像を綴る。

戦艦対戦艦　三野正洋

海上の王者の分析とその戦いぶり

人類が生み出した最大の兵器戦艦。大海原を疾走する数万トンの鋼鉄の城の迫力と共に、各国戦艦を比較、その能力を徹底分析。